林清玄禅意散文精选

不看，是一种自在

林清玄——著

九州出版社
JIUZHOUPRESS

图书在版编目（CIP）数据

不看，是一种自在 / 林清玄著. --北京：九州出版社，2017.5

ISBN 978-7-5108-5384-5

Ⅰ. ①不… Ⅱ. ①林… Ⅲ. ①散文集－中国－当代 Ⅳ. ①I267

中国版本图书馆CIP数据核字（2017）第128925号

本著作物经厦门墨客知识产权代理有限公司代理，由九歌出版社有限公司授权在中国大陆出版、发行中文简体字版本。

不看，是一种自在

作　　者　林清玄　著
出版发行　九州出版社
地　　址　北京市西城区阜外大街甲35号（100037）
发行电话　（010）68992190/3/5/6
网　　址　www.jiuzhoupress.com
电子信箱　jiuzhou@jiuzhoupress.com
印　　刷　天津市豪迈印务有限公司
开　　本　870毫米×1280毫米　32开
印　　张　9
字　　数　210千字
版　　次　2017年7月第1版
印　　次　2017年7月第1次印刷
书　　号　ISBN 978-7-5108-5384-5
定　　价　38.00元

自序

榉树与香樟的牵手

在江苏的园林，看见了许多高大的榉树与香樟，树形苍古悠美，姿态万千。心里起了疑情，问了当地的朋友。

朋友说："这是我们江苏古代的风俗。"原来，在江苏的许多大户人家，生了男孩就会在花园里种一棵榉树，期许这个孩子将来可以中举。如果生了女儿，就会在园中种一棵香樟，来表达内心的欢喜。

朋友自豪地说："在中国其他的地方，生女儿都叫'弄瓦'，生男孩叫'弄璋'。只有在江苏例外，生女儿的欢喜不亚于男孩，所以种一棵樟树来纪念，表示生女儿也是弄璋呀！"

我围绕着那些两人才能合抱的榉树与香樟，内心感动不已，想到几百年前的人就有这样深刻的期许与祝愿，就像受到温柔的春风吹拂，澎湃而波动。

榉树与香樟的故事未完，还有更深情的一面。

到了二八年华，园中的榉树与香樟会长高过围墙，人们走过围墙，看到榉树探头，就会知道“这家的少年可以娶亲了”！如果长出围墙的是香樟，就知道“这家的姑娘可以出嫁了”。若是这家的门风不错，自己家又正好有初长成的少爷姑娘，就可以央请媒婆去提亲了。

那些走街串巷的媒婆，见了墙头的榉树与香樟，也会主动去凑合。等到树顶长过了屋顶，表示事情急了，往往说媒就能成功。

在我眼前的榉树与香樟，竟是古代的婚姻密码，循着密码，还可以找到古代父母那些美丽的心愿，看见南方人的浪漫精神。

浪漫精神不仅如此，在江苏，如果有人请喝酒，最好的待客不是昂贵的红酒，也不是浓烈的白酒，最顶级的是黄酒，尤其是窖藏多年的黄酒。

江苏的许多地方，生孩子的时候，不论生的是男孩还是女孩，父母都会请最好的酿酒师，酿很多黄酒存在地窖，等到男孩长大娶亲的时候，拿出来一半当聘礼，一半请亲朋好友共饮，叫做“状元红”；若是女孩，一半当嫁妆，一半共饮，称为“女儿红”。

本来是黄酒，怎么会变成“红”呢？一是为了喜庆；二是因为酒储放的时间长了，酒色偏红；三是为了祝福，酒缸上都贴了红纸。

“状元红”“女儿红”二十年只是基本数，也有三四十年的。我每次看朋友从橱柜中小心翼翼地捧出一缸老黄酒，一打开封存了数十年的酒香，从时空的长廊汩汩穿出，未饮已先醉了。

使我醉的，不是酒，是时间，也是空间。我们活在借来的空间里，我们也活在时间的锁链中，是酒香穿透了我们，使我们在漂泊中还有明觉。

使我醉的，不是酒，是浪漫，也是深情。千百年来，父母就有这么浪漫的心，就有如此深情的期许，那酒香有一代一代的缠绵，一点一滴，一丝一缕，在我们的血液里沸腾不已。

我捧着一杯四十年的女儿红，听着遥远的秋风，吹过榉树，拂过香樟，不知多少秋声，在杯中回旋。

玫瑰与钻石的拥抱

清朝诗人张灿写过一首诗：

琴棋书画诗酒花，
当年件件不离它；
而今七事都变更，
柴米油盐酱醋茶。

每一思及，都心有所感。

年轻的时候，谁不想过浪漫的生活呢？在浪漫的生活里，一切都是无价的，一本书，一幅画，一张琴，一盘棋，一首诗，一壶酒，一朵花，天涯漫漫，任你漂泊，好风徐徐，自在逍遥。

有一天突然警醒，世俗的浪涛从远处袭来，一切都成为有价，要买盐买米，要加油添醋，你被俗事捆绑，成为平凡的人，失去了诗心，也听不见音乐。浪漫，一点一滴地流向了江海，仅存的灵性，也一蒙一昧地被人群淹没了。

就像在沙漠中行走，突然看见了远方的城堡，一路奔行，最后才发现一切都是海市蜃楼，待要回看，已找不到前来的脚印，更别说一直在脚边的玫瑰与绿洲了。

浪漫或世俗确是人生中的两难，正如玫瑰与钻石比价一样，在只能送玫瑰的年代，一朵花就是一切。等到送得起钻石的年纪，玫瑰早已经凋零，而一颗钻石，不可能是一切！

环境变得太快了，世俗变得太庞然了，欲求的来袭大得胜过北京的雾霾，浪漫之心早已不是一点一滴的流失，而是一大片一大片的崩解了。

每一思及，都令我伤感！

幸好，我是一个作家，在很年少的时候，就培养了浪漫的追寻，而在我的青年时代，就警觉了世俗的缺漏，使我一直有浪漫的心，感动的情，理想的怀抱。

文学的梦想，如车的两轮，使我在世俗的道路上，能不断地向远方奔驰；浪漫与感动，如鸟之双翼，使我在平凡的山水中，随风鼓翅，飞越群山，观照了山水的不凡。

锦瑟无端五十弦，一弦一柱思华年。人生不能重来，只能长留回忆。我只能很确定地说，走上作家之路，是最不悔的。

温柔与感动的交织

二十年前，我成立“林清玄教育文化基金会”。申请成立的时候，主管单位要我写出基金会的主旨。

我想了一个主旨：“爱与美的温柔改革，情与义的感动教育”。副旨是“透过爱与美、情与义的温柔与感动，创造人间的善的循环”。这个基金会的主旨，正是我写作的中心思维。

四十年的写作生涯，常有人问我：与别的作家，你有何不同？最大的不同，应该是我是“观点先行”的作家。

我的作品是为了人生的观点而存在的，因此我的作品正是立基于“爱与美”“情与义”“善的循环”，希望能激发温柔、感动、浪漫、理想等正面的能量。

华文天下出版公司，最近编辑了四册选集，分别以“智慧”、“自在”、“清净”、“慈悲”为题，重现了从前的观点，与有缘的朋友分享。

昔日的繁华，在回眸一笑间，我希望能写出更好的作品。

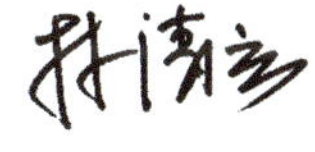

甲午年夏日台北，清淳斋

目录

阳春世界

第一卷

生命的馅

第二卷 ◇

第三卷

◇

第一卷

阳春世界

云散

我喜欢胡适的一首白话诗《八月四夜》：

我指望一夜的大雨，
把天上的星和月都遮了；
我指望今夜喝得烂醉，
把记忆和相思都灭了。

人都静了，
夜已深了，
云也散干净了，
仍旧是凄清的明月照我归去，
我的酒又早已全醒了。
酒已都醒，
如何消夜永？

这首《八月四夜》，是根据周邦彦的一阕词《关河令》改写成的，《关河令》的原文是：

秋阴时晴渐向暝，
变一庭凄冷。
伫听寒声，
云深无雁影。
更深人去寂静，
但照壁孤灯相映。
酒已都醒，
如何消夜永？

胡适的诗一点儿也不比周邦彦的原词逊色。我从前喜欢这首诗，是喜欢诗中的孤单和寂寞的味道，尤其是在烂醉之后醒来，不知道如何度过凄清的好像永无尽头的寒夜时。我在少年时代，有很多次的心境都接近了这首诗的情景。

这使我想起，孤单和寂寞虽也有它极美的一面，但究竟不是幸福的。只是有时我们细细想来，幸福里如果没有孤单和寂寞的时刻，幸福依然是不圆满的。

最好的是，在孤单与寂寞的时候，自己也能品味出那清醒明净的滋味，有时能有一些记忆和相思牵系，才是最幸福的事。

清晨滚着金边的红云，是美的。

午后飘着慵懒的白云，是美的。

黄昏燃烧炽烈的晚霞，是美的。

有时散得干净的天空，也是美的。

那密密层层包裹着青天的乌云，使我们带着冷冽的醒觉，何尝不美呢?

当一个人，走过了辉煌的少年时代，有许多人就开始在孤单与寂寞的煎熬中过日子；当一个人，失去了情爱与生命的理想，可能就会在无奈的孤独中忍受一生；当一个人，不能体会到独处的丰富与幸福时，他的生命之火就开始黯然褪色……

凄清的明月是不是美丽的明月那同一个明月呢？当我们从生命的烂醉醒来的时候，保持明净的心灵世界，让我们也欢喜独处时的寂寞吧！因为要做一个自足的人，就是每一时每一刻都能看清云彩从心窗飘过的姿势。在云也散干净的时候，还能在永夜中保持愉悦清明，那么，即使记忆与相思不灭，我们也能自在地坦然地走下去。

不知最亲切

有时候出去旅行，一两个月的时间没有看电视、没有听广播，也没有读报纸，几乎对天下大事一无所知，只是心境纯明地过单纯的生活。很奇怪的是，这样的生活不但不觉得有所欠缺，反而觉得像洗过一个干净的澡，观照到自我心灵的丰富。

住在乡间的时候也是如此，除了随身的几本书，与一般俗世的资讯都切断了线，每天只是吃饭、睡觉、散步、沉思，也不觉得有所缺乏。偶尔到台北一趟，听到朋友说起尘寰近事，总是听得目瞪口呆，简直难以相信，原来这个世界还有那么多纷扰的人事。

想起从前在新闻界服务的时候，腰带上系着无线电呼叫器，不管是任何时地，它总会恣情纵意地呼叫，有时是在沐浴，有时是在睡眠，还有的时候是与朋友在喝下午茶，呼叫器就响了。那意味着在某地又发生了事故，有某些人受到伤害或死亡，有的是千里外的国度发生暴乱，有的是几条街外有了凶案，每次我开车赶现场的时候，就会在心里嘀咕："这些人、这些事，究竟与我有何相干呢？"

由于工作的关系，我差不多整天都随着世界旋转，每天要看七八份报纸，每月要看十几份杂志，每晚要看电视新闻，即使开车的时候，也总是把频率调到新闻的播报，生怕错过任何一条新闻，唯恐天下有一件我不知道的事。然后在生活里深深地受到影响，脑子里想的是新闻，与人聊天也总爱引用新闻题材，甚至夜里做的梦也与新闻有关系。

好像除了随着这世界转动，我自己就没有什么好说、好想、好反省的东西了。

现在想起来，过去追随世界转动的生活真像一场噩梦，仿佛旋转的陀螺，因为转得快速，竟看不出那陀螺的颜色与形状。

用单纯之心来面对生命

这个世界有多少暴乱，呈现在资讯上的暴乱就有多少，我们每天渴求着资讯，把许多生命投注在因暴乱而泛滥的讯息，就好像自己的意识亲历这样的暴乱与染着，由于投在旋转的浊流，自我也就清明不起来了。

自从离开新闻工作以后，我就试着让自己从那许多旋转着、甚至被制造出来的事件里解脱出来，尤其是报纸改成六张以后，我更试着不订阅报纸了，把从前每天早晨在新闻上面的一两个小时节省下来，用来静思观照自己的内在。电视新闻也尽量节制，一天只看一次，夜里宁可读一些长远而有益身心的书籍。收音机的新闻也不听了，听一些轻松的音乐，以便可以专心地思考。杂志呢，则放弃那些追逐新闻内幕的周刊，只读少量经过严格制作的月刊。

每一缕阳光都有欢乐，
每一个角落都有禅悦。

经过比较长的试验，发现自己竟然在生活中多出了许多时间，并且有机会做更多关于生命智慧的深思了。有很多时候，甚至忘记了世界上有新闻这一回事，然后，在言谈的时候、思想的时候，由于断离了新闻那浮泛的知见，得到一种感性的平安，感觉到自己在说的话是由心田中自然地流露，而不再是某某事如何、某某人怎样的是非论断了。

这种能用单纯之心来面对生命的态度，常使我有一种从未有过的欣悦之情。

当然，这并不表示我是反资讯的，对于许多把青春投注在资讯的采集传播的朋友，我依然心存敬佩，只是我感觉到现代人把太多宝贵的时光用在那多如牛毛的讯息上，确实是生命的浪费。在每天贯耳盈目的资讯里，大部分都是“坏铜旧锡”，对一个人的生命或人格的成长是毫无益处的，有时候，还不如乡间遥远的鸡犬的叫声。

生活在现代世界是无可奈何的事，我们不能把耳朵塞起来，把眼睛蒙住，所以对这个世界也不能完全无感，那么，每天花在资讯上的时间千万不要超过一个小时，因为“一寸时光，就是一寸命光”。

以报纸为例，宁可选择张数少的报纸，每天大略地翻阅也就够了，若要细细阅读，百寸命光也不够用。这样想时，我就觉得田园作家大卫·梭罗说的“你应该选择对你有益的读物，因为你没有时间阅读其他的”是真知灼见，值得细细思量。

如果我们花很多时间注视外面世界的转动，哪里有时间回观内在的世界呢?

如果我们花很多精神分散在许多混乱零碎的资讯，又哪里有专注的精神来看待自我的历练呢?

现代人的三个大病

我认为生活在重商社会的现代人，最大的三个病是：一庸俗，二复杂，三烦恼。

庸俗之病来自于在感官欲望中浮沉，不能超越。

复杂之病来自于被外在事物所扰乱，不能单纯。

烦恼之病来自于从内在思想生波动，不能平静。

三病其实只是一个病源，就是外面的资讯太发达了，使我们生出更大的欲望，以物质的追求与拥有来作为人生价值的标准，焉得不庸俗?也由于外在的资讯太有侵略性了，使我们忘失原是自己的主人，忙着分析、评论与比较，焉得不复杂?更由于外面资讯太无孔不入了，使我们每天东看西看：那个人比我有钱，这个人比我有权势，那个人比我有才干，这个人比我美丽。于是生出内在的贪婪、嗔怨、愚痴，焉得不烦恼?所以，我常常想，减少接触过多的讯息，就可以增加人生的平安。

也许有人不以为然，但我见过许多这样的例子，譬如住在乡下的人虽有欲望，其欲望却远不如城市人，因为他不必和人比汽车、比名牌、比房子，他也没机会天天看大百货公司打折的招牌，或甚少有机会到餐厅大吃大喝，他的欲望自然简单得多，烦恼也就少了。譬如我们小时候家里穷，从来不敢向父母要玩具，甚至也不知道世界上有叫做“玩具”的东西，自然不会像现在的孩子一样因要不到玩具而“怨”愤填膺了。譬如我认识很多不识字的人，他们从不被资讯干扰，生命的烦恼简单得多，生活就单纯得多了。

乡下人、穷孩子、文盲之所以过简单生活，是为环境所迫，有时做不得准。然而，如果一个受过良好教育的城市人，又有很好的收入，仍不免犯庸俗、复杂、烦恼之病，思有解脱之道，能够回头学习乡下人、穷孩子、文盲的方法，是很不错的。

我想到中国禅宗最关键、影响最大的人物，一是禅宗初祖达摩祖师，他到中国来竟不到处走，而到河南嵩山少林寺面壁九年，不把时间花费在文字与知见上；一是禅宗六祖慧能，他根本不认识文字，他曾说过：“下下人有上上智，上上人有没意智。”

达摩与慧能后来也曾引用经文来表达禅心，不过大部分的说法都是由自我心田流出，达摩有《入道四行论》，慧能有《六祖坛经》传世，总共加起来没有几个字，但是后世的大禅师无不依承达摩、崇拜六祖，他们的思想言论也都不出《六祖坛经》的范围。

这是多么富有启示意义呀！一个是面壁不语的壁观婆罗门，一个是一字不识的樵夫，正是最有智慧、大开大阖、惊涛骇浪的禅门宗祖，想来要越过资讯，才能认识本来的心源，不是没有道理。

在禅宗里，这叫做“不知最亲切”！

——从自己胸襟流出

清凉法眼文益禅师到南方去行脚参学，有一天突然遇到天下大雨，溪流暴涨，他只好到一个寺院去避雨，住在寺中的地藏院里。

寺里的住持是罗汉桂琛禅师，他听说有行脚僧在地藏院避雨，就过来探视，他亲切地问法眼说："你要去哪里呢？"

"我只是四处行脚罢了！"法眼说。

"行脚是什么意思？"

"不知。"（法眼一路上都遇到人问他"行脚去哪里？"首次遇到"行脚是什么？"随口就这样回答了。）

没想到罗汉桂琛竟说："不知最亲切！"

法眼听了豁然开悟，就留下来做罗汉的侍者，再也不行脚了。

这个公案很有意思，"不知最亲切"和"行脚是什么意思？"连起来看，可以使我们有两个思考，一就是六祖慧能回答惠明"还有密意否？"的问题，他说："密在汝边。"自性的密意不是行脚可以得到的，而是在自己的心田，它没有什么秘密，也不在遥远的地方。

二就是四祖道信说的："大道虚旷，绝思绝虑。"心地的光明不在知见上，不在是非观念，唯有超越了知见才能回归到与自己最亲密切近的自性光明呀！

"不知最亲切"强烈地表达了禅的超越与实践精神，对于想得到真实智慧的人，世间的“知”反而令人走向远离之路。

慧朗去谒见大寂禅师，大寂问说：“汝来何求？”

慧朗说：“求佛知见。”

大寂说：“佛无知见，知见乃魔界。”

佛的知见尚且不可求，何况是人间纷扰的知见呢？

我们到现在还可以想象法眼听到“不知最亲切”时那目瞪口呆的神情，一个十方行脚求悟的禅者，想要追求佛的知见，却突然听见“不知最亲切”这五个字，真有如万里晴空中忽然听见天边轰然的响雷一样，智慧之门顿开，自性光明骤然涌现。

因此，法眼后来成为伟大的禅师，也常用相同意趣来教导弟子，有弟子问他：“十二时中要如何修持？”

他说：“步步踏实。”

还有一弟子问他：“什么是真道？”

他说：“第一是教你去行。第二也是教你去行。”

又有一位弟子问他：“什么是诸佛玄旨？”

他说：“是你也有的呀！”（你就有玄旨！）

另有一位弟子问他：“什么是古佛？”

他说：“现在就很好呀！”（为什么要去问古佛呢？）

法眼说的全是“不知最亲切”！求道者往往花很多时间精力去追求有关道的知识，对道而言，这些知识都很空洞，有如海上的浮沤，与其求知，不如不知，把心力转回内在光明的启发，使自性显露如珠，因为，一切都是现成的呀！

雪峰义存禅师修行很久都不能契入，深为自己不能悟道而烦

我们要全心全意默默地开花，
以花来证明自己的存在。

恼，他的师兄岩头有一次对他说："道从门入者，不是家珍。若欲播扬大教，一一从自己胸襟流出，将来与我盖天盖地去！"雪峰听了，当下大悟。

"一一从自己胸襟出"正是"不知最亲切"。唯有穿越知识的迷障，才能截断众流，使真实的般若流露，进入亲切的真道。

一切都是现成的

禅师的境界是开悟者的境界，我们或许难以领会，不过禅的世界也并不离开生活，生活在资讯发达的世界中的我们，每天都在为知见奔忙，身心难得有片刻的歇息，因为世间言说都是一种对待观念，同一件事、同一个人，有的说"是"，有的说"非"。即使我们自己也常"觉今是而昨非"，从前认为的"是"现在可能认为"非"，每天在是非里纠缠，何处才能安立，何时才能安顿呢？

如果不能从内在截断众流，得到安顿，就应该斩断外在的葛藤，尽量把垃圾清除，不要再让垃圾进门。我们每天打开六大张报纸，大部分与垃圾无异，我们看到贪渎者的腐味、嗔恨者的腥味、愚昧者的霉味，处处都是欲望与无知的臭气、人情与应酬的油腻，真的就能感受到禅师说"不知最亲切"是有一颗多么超越而明净的心。

法眼开悟以后，他的师父罗汉知道他还未彻悟，指着庭前的石头问他："三界唯心，万法唯识，现在庭下的石头，是在心内，还是心外？"

法眼说："在心内。"

罗汉说："你为什么把这样大的石头放在心内呢？"

法眼无言以对，每天都想出新的答案呈给师父，全被罗汉否定了，经过一段时间，他觉得自己已经词穷理绝了，这时罗汉对他说：

"以佛法论，一切都是现成的。"

法眼这时才彻底地开悟了。

我们再来深思这几句话吧！

"不知最亲切。"

"你为什么把这样大的石头放在心内呢？"

"一切都是现成的。"

这是我对资讯泛滥的一个最简单的方法，在光怪陆离、颠倒错谬、眼花缭乱的媒体暴力里，禅师早就以非凡的智慧教导过我们，为我们抽钉拔刺，让我们能单纯坦荡地来面对世界了。

冰冻面线糊

有一个住在日本的朋友，每次回来就到小摊子里买几十碗蚵仔面线，一碗用一个塑料袋包着，全部在冰箱里冻成冰块。

坐飞机的时候，他把蚵仔面线请空中小姐冻在飞机的冰箱里，到了日本的家又把蚵仔面线冻在冰箱里，每隔两三天拿一碗出来，用微波炉热，自己在深夜的灯下品尝这来自故乡千里奔波的蚵仔面线。

他告诉我："每一次吃那蚵仔面，眼前浮现的总是庙前简陋嘈杂的夜市，有时仿佛听见黑巷推出来的小车叫着'蚵仔面线，蚵仔面线'，真是历历如绘。"

在日本，只有来自故乡的要好朋友，他才会多拿一袋蚵仔面线出来请客，客人吃了这蚵仔面线都视如珍宝，比吃了大餐还要动容。

蚵仔面线在台湾俗语叫"面线糊"，原是乡间最平凡的食物，可是加上人的思念与怀乡，却变成无比珍贵了。

像这样的事例非常多，我有一个朋友在国外冬天下雪的街头，曾因为想吃庙口一碗热乎乎的红豆汤，想到落泪；有一个朋友是纽约新写实绘画的名画家，可是他如果不听京戏，就无法作画；有一个朋友，在国外一招手叫计程车就思念台北，因为全世界没有一个地方的计程车比台北方便……

可是，面线糊、红豆汤、京戏、计程车都不是事物的主题，只是心情的反映，是乡愁暂时的住处。心情不幸福的人，看到微风吹落花瓣，也会黯然落泪；心情幸福的人，看到微风吹落花瓣，却想到明年春天的新花而欢欣踊跃。

最好，我们能维持一种高亮清爽的心情，这种心情使我们不被污浊所染，也不为美丽的花木所遮，如果借冰冻面线糊来维系乡心，在没有面线糊可吃的时候，就只好接受煎熬与折磨。

如果我们要靠外在的名利、声誉来证明自己的尊严与价值，那我们就会在名利、声誉中沦落，并且在失去时接受折磨而不知了。

《楞严经》二帖

灯能显色，如是见者，是眼非灯。

眼能显色，如是见性，是心非眼。

我进入书房，把灯打开。

这时，我看见了四壁围着我的书，它们的颜色都一一呈现出来，精装的经典，书背是藏青、橙红，与灰褐色的。套书与丛书都是经过规划，一式一样地站立。那些零散的现代书籍则花枝招展地穿着艳丽的衣裙。

书的架上还有一些现代雕塑闪着金光，陶瓷则说着乡土的语言。穿梭在雕塑与陶瓷间的是一束褐色的干燥花和一瓶正怒放绿叶的万年青。

这么多的颜色有时让人目眩，在工作累了的时候我把灯关掉，静静坐在黑暗里，闭着眼睛，再张开的时候我什么都看不见了。

在关灯以后，我也不是看不见，而是看见了黑暗，在黑暗中，我知道我的什么书摆在什么地方，我一伸手就可以拿到。

灯、眼睛，与看见的问题让我迷惑了。

是灯在看见吗？是的，因为灯没有点亮之前，我们看不见眼前的东西。

不不，不是的，如果说灯有看见或看不见的本能，为什么开关在我的手上，我难道可以控制一个能见事物的本能吗？

那么，是眼在看见吗？是的，点亮的灯只能发光照出色相，灯光本身并没有看见的功能，是我们的眼睛借着灯光看见了东西，我们的眼睛才有看见的本能。

不不，不是的，如果说是眼睛有看见的本能，为什么在黑暗里我闭起眼睛，还是知道书房里的一切呢？为什么每一个人看同样的书却有了不同的分别和想法呢？有一些心性有病或低能的人，他眼睛的功能和我们完全一样，为什么他看见也等于什么都没看见呢？再说，如果眼睛近视或远视的人，他必须戴眼镜才看得见，是他的眼睛或眼镜有见的功能，还是他的心呢？

既然不是灯光在看，不是眼睛在看，我们是用什么来看着这个世界呢？什么才是看见的本性呢？

它是我们的心，只有我们的心才能真实地看见事物，我们的心才有见到事物本质的功能。

有明利的心的人，拥有一对好眼睛，在打开灯光的时候，才能真实地看见。

有灯光的时候，眼盲的人仍然看不见。

好眼睛的人又遇到有灯光，没有心，也仍然看不见。

所以，对灯光的讲究，对眼睛的保养，都不如磨亮明慧的心来得重要。

又如新霁，清旸升天，光入隙中，

发明空中诸有尘相。尘质摇动，虚空寂然。

如是思惟：澄寂名空，摇动名尘。

在雪霁初晴的时候，晴朗的阳光照亮了整个天空，有的阳光偶然照进了门窗的隙缝里面，在这隙缝的阳光里，我们能清楚地看见空中尘埃飞扬的景象。

不管尘埃如何摇动，虚空的本质依然寂静没有改变。从这个现象来思考观照，就会知道虚空的本质是澄清寂然的，而尘埃的状态则是上下摇动的。

我们都曾在某一个午后，坐在窗前看阳光从缝中射入，看见了光中的尘埃。阳光的照射窗隙是一种偶然呀！仿佛是客人走到我们的门口，它移动了，离开了，就好像客人离去了，脚步声杳，尘埃也看不到了。

窗隙里如果没有阳光照射，我们不能说那里就没有尘埃飘动，只是隐藏着，等待阳光会合的因缘吧，如果阳光不来，尘埃就没有景象。

尘埃摇不摇动，对窗隙的阳光是没有增减的；阳光照不照耀进窗户，对虚空里光明澄澈的太阳也是没有增减的。

我们的一生是不是就像阳光偶然照进了门窗的缝隙呢？

我们一生的际遇，成功与失败，欢乐与哀愁，高歌与悲叹，获得与失落，是不是就像窗隙阳光里飘动的灰尘呢？

我们发现尘埃多一些少一些，飘摇得厉不厉害并没有意义，

因为尘埃不是生命的真实。

我们守住窗隙的阳光，希望它能永远留在那里也是不可靠的，因为窗隙的阳光只是一个偶然，也不是阳光的主人。

相对于苍空中的太阳，我们自性的真实就是那样子的，如果我们发现了光明遍满的自我本质，那么我们对于如窗隙的一生的因缘就不会执着。当然，一切人生的是非成败转头成空，青山依旧，几度夕阳，我们也就不会被外在的利衰毁誉等尘埃所迷转了。

可悲的是，我们都知道窗隙的阳光是一种偶然，阳光里的尘埃是不定的假相，但我们却不肯相信人生其实也像是那样呀！

从灰尘中走出来吧！从窗隙的阳光中走出来吧！看看窗外天空中与我们心性中同时照耀的、澄清的太阳吧！

金刚糖

路过乡间小镇，走过一家杂货铺，突然一幅熟悉的影像吸引了我。

杂货铺的玻璃柜上摆了一个大玻璃瓶，瓶中满满的糖果，红、绿、白相间，在阳光下闪闪发亮。

是“金啖”！我几乎跳了起来。

“金啖”是一种我以为早已失传的糖果，它的形状如弹珠，大小像橘子或酸李，颜色如同西瓜的皮，有的绿白、有的红白地间杂着。

“金啖”又称为“金刚糖”，因为它硬如铁石，如果不咬破，轻轻地含在嘴里，可以从中午含到日落。

“金啖”几乎是我们童年的梦，金啖是三十年前乡下孩子唯一能吃到的糖。一毛钱可以买两粒，同时放入嘴里含着，两颊就会像膨风一样地鼓起，其他的小朋友就知道你是在吃金啖，站在一边猛吞口水，自己便感觉十分骄傲和满足了。

爸爸妈妈很反对我们吃糖，绝对不会买糖给我们，所以想吃金啖往往要大费苦心。在野外割牧草时，乘机捉一些蟾蜍或四脚蛇去卖给中药铺；或者放学的时候到郊外捡破铜旧锡、玻璃瓶、簿子纸卖给古物商；或者到溪边摸蚬仔到市场去卖……

由于要赚一毛钱是那么辛苦，去买金啖来吃时就感到特别欢喜，好像把幸福满满地含在嘴里，舍不得一口吃下去。

卖金刚糖的小店就在我去上学途中的街角，每天清晨路过时，阳光正好穿过亭仔脚，照射在店前的瓶罐上，“金啖”通常装在大玻璃瓶里，阳光一照，红的、绿的、白的，交错成一幅迷人的光影，我有时忍不住站在小店前看那美丽的光影，心神为那种甜美的滋味感动，内心美滋滋地响着音乐。

经过三十几年了，金啖的甜美依然深深地印在我的脑海里。在那个“残残猪肝切五角”的时代，因为物质贫乏，许多微不足道的事物反而给我们深刻的幸福。

可见幸福并不是一种追求，而是一种对现状的满足。

我花了五块钱向看杂货店的阿婆买了两粒金啖，几乎是屏住呼吸、小心翼翼地放入口中，就像童年一样，我的两颊圆圆地鼓起，金啖的滋味依然甜美如昔，乡下的小店依然淳朴可亲，玻璃瓶里依然有错落的光影，这使我感到无比的欢喜。

我踩着轻快的步子，犹如我还是一个孩子，很想大声地叫出来，告诉每一个人：

“我在吃金啖呢！你们看见了吗？”

种草

“我们带一点草回去种好吗？”带孩子去爬山的时候，他好几次提出了这样的要求。

最近住在乡下，每天黄昏的时候，如果天气好，我总会和孩子到后山去走走，偶尔也到山下去看农人的稻田，走过泥土坚实的田埂，看着秋天的新禾在微风中生长。

对于在城市中长大的孩子，看到乡下的一切都感到非常新鲜，尤其看到没有看到过的东西，有一次我们在田埂上走，他说：“爸爸，我们带一些稻子回去种好吗？”

“为什么呢？”

“因为稻子长大，我们就不必买米了，要煮饭的时候，自己摘来煮就好了。”孩子充满期盼地说，就仿佛自己种的稻子已经长成。

“要种在哪里呢？”我说。

“我们家不是有很多空花盆吗？把稻子种在里面就行了呀！”

我只好告诉他，种稻子是很艰难的工作，可不比种一般的盆景，要有一定的水土，还要有非常耐心的照顾，我们是无法在花盆里种稻子的。

“那么，我们种牵牛花吧！牵牛花也很美。”孩子说。

有一次，我们就摘了很多牵牛花的藤蔓，回去种在花盆里，可惜不久后就都枯萎了。孩子很纳闷，说：“为什么在野外，它们长得那么好，我们每天浇水，反而长不出来呢？”

后来我们挖了一些酢浆草回家，酢浆草很快就长得很茂盛，可惜过了花期，开不出紫色的小花，我对孩子说：“等到明年，这些酢浆草就会开出很美丽的花。”

在孩子的眼里，什么都是美丽的，连山上的野草也不例外，我们第一次上山的时候，他简直惊叹极了，即使是夏秋之交，山上的野草也十分繁盛，就好像是春天一样。尤其是在夕阳之下、微风之中，每一株小草都仿佛是在金黄色的舞台上跳舞，它们是那么苗条而坚韧，用一种睥睨的态势看着脚下的世界。从远景看，野草连成一片，像丝绒一般柔软而温暖。

孩子看着这些草，禁不住出神地说：“爸爸，我们带一点草回去种好吗？”

听到这句话时，我略微一震，“种草？”对一个出生在农家的我，这是多么新奇而带点荒唐的想法，我们在田野里唯恐除草不尽，就是在花盆里也常常把草拔除，这孩子居然想到种一盆草！

孩子看我无动于衷，用力拉我的手，说：“爸爸，你不觉得草也和花一样美吗？如果能种一盆草放在阳台，它就好像在山上一样。”

孩子的话立刻使我想到自己的粗鄙，花草本身没有美丑，只因为我心里有了区别，才觉草不如花。若我能把观点回到赤子，草不也是大地的孩子，和一切的花同样美丽吗？于是我说：“好吧！我们来种一盆草。”

种草就不必像种花那么费事，我们在山上采草茎上成熟的种子，草种通常十分细小，像是海边的沙子，可是因为数量很多，一下子就采了一口袋。回到家里，我们把一些曾种过花而死去的空花盆找来，一把把的草种洒在上面，浇一点水，工程很快就完成了。孩子高兴得要命，他的快乐比起从花市里买花回来种还要大得多。

一星期后，每一个花盆都长出细细绒绒的草尖，没有经过风沙的小草，有一种纯净的淡绿，有如透明的绿水晶，而且株株头角峥嵘，一点也不忸怩作态，理直气壮地来面对这个与它的祖先完全不同的人世。

孩子天天都去看他亲手植种的绿草，那草很快地长满整个花盆，比阳台上的任何一盆花还要茂盛，我们有时把草端到屋内的桌上，看起来真的一点也不比名花逊色。看着一盆盆的野草，我有时会想起我们这些从乡野移居到城市讨生活的人，尽管我们适应了城里的生活，其实并未改变来自乡野的姿色，而所有的都市人，他们或他们的祖先，不都是来自乡野吗？只是有的人成了名花，忘记自己的所在罢了。这样想时，常使我有一种深深的慨叹。

所有的名花都曾是乡野的小草，即使是最珍贵的兰花，也是从高山谷地移植而来，而那名不闻世的野草，如果我们有清明的心来看，不也和名花无殊吗？

自然的本身是平等无二的，在乡野的山谷我们看见了自然的宏伟；在小小的花盆里，不也充满了生命的神奇吗？

不要指着月亮发誓

“我指着那把树梢涂了银色的圣洁的月亮发誓——”

“啊！不要！不要指着月亮发誓，月亮变化无常，每月有圆有缺，你的爱也会发生变化。”

“那我指着什么发誓呢？”

“根本不要发誓，如果你一定要发誓，就指着你那惹人心动的自身起誓好了，那是我崇拜的偶像，我会相信你的心。”

这是莎士比亚戏剧里，罗密欧与朱丽叶的一段对白，当罗密欧对着月亮起誓的时候，被朱丽叶制止了，因为在她的眼中月有阴晴圆缺，一点也不可靠，反而“自身”比月亮还要可信任。后来罗密欧说：“你还没有说出用你的爱情的忠诚誓约和我交换呢！”

“在你还没有要求的时候，我已经把我的誓言给你了。”朱丽叶动人地说，“但是我想要的只是现在我所有的这点爱情。”

朱丽叶回家时，罗密欧看着她美丽的背影，说：“我生怕这一切都是梦，太快活如意，怕不是真的。”

最近，梁实秋先生过世了，我找出他翻译的《莎士比亚全集》重读，随意翻到《罗密欧与朱丽叶》，看到这一段颇有感触，尤其人到中年更感觉到“一切都是梦”了。

我从前读过几次这本书，并不特别喜欢，正如剧中的劳伦斯修道士说的：“最甜的蜜固然本身是味美的，可是不免有一点腻，吃起来要倒胃口。”罗密欧与朱丽叶的爱就像这样，太甜腻了。我的情感观念比较接近劳伦斯说的：“所以要温和的爱，这样方得久远；太快和太慢，其结果是一样迟缓。”

每个人在年轻时候，多少有一点罗密欧与朱丽叶的激情，在梦与醒的边缘、在爱与恨的分际挣扎。爱的时候，不要说对自己、对月亮起誓了，甚至对着皇天后土、宇宙洪荒起誓，恨不能把自己切成一片片放在爱人面前来表明心迹；可是激烈的情爱也导致深刻的仇恨，很少人能在爱人离开时抱着宽容感激的心情，大多数人都恨不得把负心的人切成一片片来祭祀自己情感的伤痕。

这使我们明白：爱与恨是同一本质的事物，人人都说罗密欧与朱丽叶是个悲剧，但他们到死的那一刻都还坚心相爱，因此他们不是最惨痛的悲剧，从激情的爱转成激烈的恨的情侣才是最惨痛悲苦的。在“风涛泪浪、交互激荡”的失恋的人，想到从前指着月亮发誓的场面，每一次想到所受的折磨都仿佛是死过一回，从这个观点来看，罗密欧与朱丽叶算什么悲剧呢？简直是值得羡慕的团圆了。

在莎士比亚的眼中，爱与恨有一条直通的捷径，也可以说是相似的事物，他透过剧中的劳伦斯修道士说：

啊！草、木、矿石，如果使用得当，
都含有很多的伟大的力量：
世上没有东西是如此的卑贱，
以致对于世界毫无贡献，
同时物无全美，如果使用不善，
也会失去本性，惹出祸端；
误用起来，善会变成为恶，
好好利用，有时恶亦有好结果。
这朵小花的嫩苞含有毒性，
也能用以治疗某种疾病：
这花只要一嗅，香气贯通全身；
口尝一下便能麻痹一个人的心。
人与药草原是一样，
内中有善有恶，互争雄长，
恶的一面如果占了上风，
死亡很快地要把那植物蛀空。

同时，在《罗密欧与朱丽叶》中也说明了爱与恨都不是永恒的事物，它终有结束之日。爱虽使人说出：“你的眼睛比他们二十把剑还要厉害，你只要对我温柔，我不怕他们的敌意”；也让人感受到：“一个情人可以跨上夏日空中荡飘的游丝而不会栽下来”；可是，莎士比亚也说：“爱神的样子很温柔，行起事来却如此的粗暴”，“爱情是叹息引起的烟雾，散消之后便有火光在情人眼里暴露；一旦受阻，便是情人眼泪流成的海。”

看清爱与恨在人生中的实相，对我们坚定的步伐是有帮助的，被恨淹没的人是多么愚痴，但被爱所蒙蔽的人不也是一样无知的吗？如果我们能以清明的心来对待爱，并且以更超越的爱来宽恕失落的情意，才能让我们登高，看到人生中更高明的境界。

不要指着月亮发誓，因为月有阴晴圆缺；如果要发誓，请对着自己发誓——让我们真诚地对待人间的一切情爱吧！尽我的所能不去伤害对方，不伤害自己！让爱或恨都能升华，化成我生命中坚强的力量。

阳春世界

高中的时候，我就读台南海边的一所学校。

那学校是以无情地管教学生而著名，并且规定外地来的学生一律要住校，我因此被强迫住在学校宿舍，学校里规定，熄灯后不准走出校门，否则记小过一个。

说来好笑，我高中被记了好几个过，最后被留校察看，随时准备退学，原因竟是：熄灯后翻墙外出，屡劝不听，译成白话，用我的立场说，是因为学校伙食太差，时常半夜溜出去吃阳春面，不小心被捉到。

吃阳春面吃到小过连连，差点退学，这也是天下奇闻。

学校围墙外有一个北方来的退伍军人，开了一家小小的面馆。他的面条做得异常结实，好像把许多力气揉了进去，非常有滋味。并且他爱说北方的风沙往事，使我们往往宁可冒着被记过的危险，去吃他的阳春面。

那时候没有学生吃得起带肉的面，只能吃阳春面，面里浮着几星油丝，三四叶白菜，七八粒葱花，真是纯净一如阳春，但可以吃出面中的麦香，回味无穷。偶尔口袋里多了几文钱，就叫一块“兰花干”放在面上，觉得世界上再没有那种幸福的日子了。

我如今一想到“阳春面加兰花干”，觉得这个名字非常之美，它的美是素朴的，诗意的，带一点生活平常的香气。但在那时，我们一开口说：“老板，一碗阳春面，放一块兰花干。”口水就已经流了满腮。

我对高中时代没有什么留念，却时常想起校外的阳春面，和卖面的北方老板，甚至他的脸容、语音，以及面碗的颜色和形状，都还在眼前。

这些年，不容易吃到好的阳春面，也很少人吃阳春面了，有一次我在桃源街叫一碗阳春面，老板上下打量我半天，叹一口气说：“我已经有五年多没有卖过一碗阳春面了呀！”最后，他边煮我的阳春面，边诉说着现代的人多么浮华，没有牛肉、排骨、猪脚已经吃不下一碗面，他的结论是：“再过几年，有很多孩子可能不知道阳春面是什么东西了。”

阳春面其实不只是一碗面，我们这一代的人都是从那个阳春世界里走过来的，阳春世界不见得是好的世界，但却是一个干净、素朴、有着人间暖意的世界。

其实，就在高中时代，我早已坚信，人即使只有吃阳春面的物质条件，便可过得有尊严而又幸福了。

往事只能回味

在乡下走过一家冰果室，突然从里面传来一个非常熟悉的声音：

春风又吹红了花蕊，
你已经也添了新岁，
你就要变心，
像时光难倒回，
我只有在梦里相依偎。

原来是一首老歌《往事只能回味》，是一位很甜美的歌星尤雅唱的。听到这首歌，使我站在冰果室的门口前呆住了，仿佛刹那间沦入了时光之河。

在我读高中的时候，《往事只能回味》是全台湾最流行的歌，我们的学校在台南郊区荒僻的野外，附近没有几户人家，只有零星的杂货铺、冰果室做学生的生意。记得学校北边围墙外的冰果室，几乎是天一亮就开始播放《往事只能回味》，循环往复，永无休止，一直到吃中午饭时才歇息，等到我们午睡方憩，又开始“往事只能回味”了。

冰果室的老板娘是典型的迟暮美人，脸上总涂上厚厚的脂粉，听说从前是在特种营业退下来的，声音早已沙哑，可是她很偏爱这首《往事只能回味》，刨冰时也唱，洗碗时也唱，而且日日持续不断，有些爱开玩笑的同学就给她一个绰号叫“往事只能回味”，于是出门时便有了这样的语言：“我要去往事只能回味那里吃冰”，“喔！请回味帮我做一碗红豆冰，带回来。”

由于“往事只能回味”那样爱唱《往事只能回味》，使这首歌几乎成了我们学校的校歌，老师同学没有不会唱的。那时正是兵荒马乱的高中三年级，有时唱起这首歌来真是百感交集，一点点欢欣，一点点感伤，以及许许多多的荒谬之感。记得第一次回去开高中同学会，有的人在读大学，有的人落榜了，情绪飘忽起伏，突然有一个同学说：“我们一起来唱《往事只能回味》吧！”一时之间，情绪立刻统一，又回到少年一样，每个人的少年都有值得回味之处吧！

一年多前，遇到现在旅居香港的女同学，她颇感慨地说：“哎！我们高中三年同学，在学校里竟然没有说过一句话呀！”是的，我们的青春年华都葬送在读书考大学了，男女之间还有什么闲话呢？我说：“你还记得‘往事只能回味’吗？”她笑了：“记得，记得她的歌和她的人。”虽然我们高中三年未说过一句话，十几年间没通音问，也好像立刻成了好友，只因为有过一段共同的往事。

想起这些，走出乡下的小店，自己轻轻地唱了起来：

我们生命面对的苦恼不是我们的敌人，
而是自己的延伸，应透过烦恼来认识自我。

时光已逝永不回，
往事只能回味，
忆童年时竹马青梅，
两小无猜日夜相随……

唱着唱着，感觉时光已流走好远，只剩下冰果店老板娘那姹紫嫣红的笑脸，记得她也爱唱另一首《微笑的送你走》，里面有这样的句子：“我只有这样微笑的送你走，把泪流在心头。”对于无情的时光，飞翔的往事，我们没有更好的态度，只有微笑的送走了。

盘桓

机场航道客满，我乘坐的飞机机长宣布，在桃园上空盘桓三十分钟。

坐我身边的老先生一直抱怨，我说："阿伯仔！坐飞机这么贵，现在有人免费带我们在空中观光，是多么难得的事。"

老先生专心地看着窗外的风景，露出微笑，使我也感觉到春天的台湾，在桃园上空，特别的美丽。

降落航道的感觉真好，既欣赏了风景，也抵达了目的地。

我们的生命历程，最好的当然是起跑、起飞，顺着既定的航道，然后在目的地安然降落，而时间最好也是一秒不差。

可叹的是，在大部分起飞之后，才发现航道不是我们原订的，降落的地点也时有改变，纵使能一切顺利，与我们同机的人也一定是与我们有情有缘的人，而抵达之时，往往也是"乡音未改，鬓毛已衰"了。

大部分生命的过程，其实都像是在空中盘桓、飘浮，找不到降落的航道。

在盘桓的时候，最容易令人心浮气躁，无所适从，自认倒霉，却很少人想到，早一点或晚一点降落又有什么要紧呢？再进一步想，在盘桓的时候，假如我们能心情安然，看看盘桓时的风景，像团聚在空中的白云，悬挂在远方圆满温暖的太阳，以及那清澄无染的蓝天，还有从空中看来，特别辽阔、青翠的我们的故乡……那么，偶尔的盘桓又有什么挂碍呢?

静静的鸢尾花

第一次看见凡·高的《鸢尾花》使我的心中为之一震。凡·高画过两幅《鸢尾花》，一幅是海蓝色的鸢尾花盛开在田野，背景是翠绿色，开了许多橘黄色的菊花；另外一幅是在花瓶里，嫩黄色的背景前面的鸢尾花就变黑了，有一株竟已枯萎衰败，倒在花瓶边。

这两幅著名的鸢尾花，前者画于1889年的夏天，后者画于1890年的5月，而凡·高在两个月后的7月27日举枪自杀。

我之所以感到震惊，来自两个原因，一是画家如此强烈地在画里表现出他心境的转变，同样是鸢尾花，前者表现了春日的繁华，后者则是冬季的凋萎；一是鸢尾花又叫紫罗兰，一向给我们祥和、安宁、温馨的象征，在画家的笔下，却是流动而波涛汹涌的。

我是在荷兰的阿姆斯特丹的凡·高美术馆看见那两幅鸢尾花的，一幅是真迹，另一幅是复制品，看完后在阿姆斯特丹市立公园的喷水池旁，就看见了一大片的鸢尾花，宝蓝而带着粉紫，是那么美丽而柔美，叶片的线条笔直爽朗，使我很难把真实的与画家笔下的鸢尾花合二为一，因为透过了凡·高的心象，鸢尾花如同拔起的一只巨鸢，正用锐眼看着这波折苦难的人间。

坐在公园的铁椅上，我就想起了凡·高与鸢尾花的名字，我想到“梵”（台湾多译作梵高）如果改成“焚”字，就更加能够表达凡·高那狂风暴雨一般的画风了。而鸢鸟呢？本来就是一种凶猛的禽类，它的头顶和喉部是白色，嘴是蓝色，身体是带紫的褐色，腹部是淡红色，尾巴则是黑褐色。如果用颜色与形貌来看，紫罗兰应该叫“鸢头花”，由于用这样的猛禽来形容，使得我们对鸢竟而有了一种和平与浪漫的联想。

在近代的艺术史上，许多艺术家都有争议之处，凡·高是少数被认为“伟大的艺术家”而没有争议的。凡·高也是不少学院的教授或民间的百姓都能感动的画家。我喜欢他早年的几幅作品，像《食薯者》《两位挖地的妇女》《拾穗的农妇》《播种者》，等等，都是一般的百姓看了也会流泪的作品，特别是一幅《小麦束》，全画都是金色，收割后的麦子累累地要落到地下来，真是美丽充满了温馨。

我想，我们会喜欢凡·高，乃是由于他对绘画那专注虔诚的态度，这种专注虔诚非凡人所能为；其次，是他内在那热烈狂飙的风格，是我们这些表面理性温和者所潜在的特质；其三，是他那种魄大而勇敢、近于赌注的线条，仿佛在呼唤我们一样。我觉得我还有一个更可佩的理由，是在凡·高的画里，我们只看见明朗的生命之爱，即使是他生命中最晦暗的时刻，他的画都展现欢腾的生命力，好像是要救赎世人一样。怪不得左拉曾说凡·高是“基督再世”，这是对一个艺术家最大的赞美了。

我们再回到凡·高的《鸢尾花》吧！他的一幅《鸢尾花》曾以美金5390万拍卖，是全世界最贵的绘画，可见艺术心灵的价值是难以估算的。

我最近重新读凡·高写给弟弟提奥的全部书简，在心里作为对凡·高逝世一百周年的纪念表示崇敬之意。

我们来看他的两幅《鸢尾花》绘画时的背景，第一幅1889年的夏天，凡·高写到："亲爱的提奥，但愿你能看到此刻的橄榄树丛！它的叶子像古银币，那一簇簇的银在蓝天和橙土的衬托下转化成绿，有时候真与你人在北方的所想的大异其趣啊！它好似我们荷兰草原上的柳树或海岸上的橡树；它的飒飒风声里有一股神秘的滋味，像在倾诉远古的奥秘。它美得令人不敢提笔绘写，不能凭空想象。""这段时间，我尽可能做点事情，画了一些东西。手边有一张开粉红花的栗树夹道风景，一棵正在开花的小樱桃树，一株紫色藤科植物，以及一条舞弄光影的公园小径。今儿整日炎热异常，这往往有益我身，我工作得更加起劲。"凡·高喜欢他的《鸢尾花》，在1890年7月他给他的弟弟的信中说过，"我希望你将看出《鸢尾花》一画有何独到之处。"

1890年的5月，关于鸢尾花的画他写道：

我以园中的草地为题材画了两幅画，其中一幅很简单，草地上有白色的花及蒲公英和一小株玫瑰。我刚完成一幅以黄绿为底色，插在一只绿色瓶子里的粉红花束；一幅背景呈淡绿的玫瑰花；两幅大束的紫色的鸢尾花，其中一束衬以粉红色为背景，由于绿、粉红与紫的结合，整个画面一派温柔和谐，另一幅则突立于惊人的柠檬黄之前，花瓶和瓶架呈另一种黄色调……

读凡·高的书简和看他的画一样令人感动。我们很难想象在画中狂热汹涌的凡·高，他的信却是很好的文学作品，理性、温柔、条理清晰，并以坦诚的态度来面对自己的艺术与疾病。这一书简忠实地呈现了一个艺术家的创作历程与心理状态，是凡·高除了绘画留下来的最动人的遗产。

凡·高逝世前一年，他的作品巧合地选择了一些流动的事物，譬如飘摇的麦田，凌空而至的群鸥，旋转诡异的星空，阴郁曲折的树林与花园。在这些变化极大的作品中，他画下了安静温柔和谐的鸢尾花，使我们看见了画家那沉默的内在之一角。

凡·高逝世一百周年了，使我想起从前在阿姆斯特丹凡·高美术馆参观的那一个午后，想起公园中那一片鸢尾花，想起他给弟弟的最后一句话："在忧思中与你握别。"也想起他信中的两段感人的话：

一个人如果够勇敢的话，康复乃来自他内心的力量，来自他深刻忍受痛苦与死亡，来自他抛弃个人意志和一己爱好。但这对我没有作用：我爱绘画，爱朋友和事物，爱一切使我们的生命变得不自然的东西。

苦恼不该聚在我们的心头，犹如不该积在沼池一样。

智是观察与思考，慧是抉择与判断。

对于像凡·高这样的艺术家，他承受巨大的生命苦恼与挫折，却把痛苦化为欢歌的力量、明媚的颜色，来抚慰许多苦难的心灵，怪不得左拉要说他是“基督再世”了。

翻译《凡·高传》和《凡·高书简》的余光中，曾说到他译《凡·高传》时生了大病，但是“在一个元气淋漓的生命里，在那个生命的苦难中，我忘了自己小小的烦忧”，“是借他大人之大愁，消自家之小愁”。

我读《凡·高传》和《凡·高书简》时数度掩卷长叹，当凡·高说：“我强烈地感到人的情形仿如麦子，若不被播到土里，等待萌芽，便会被磨碎制成面包！”诚然让我们感到生命有无限的悲情，但在悲情中有一种庄严之感！

纯善的心

我每一次去买花，并不会先看花，而是先看卖花的人，因为我认为一个人如果不能把自己打扮得与花相衬，是不应该来卖花的。

唯有像花的人，才有资格卖花。

像花的人指的不是美丽的少女，而是有活力、有风采的人。

所以，每次我看到俗人卖花，一脸的庸俗或势利，就会感到同情，想到我国民间有一种说法，有三种行业是前世修来的福报，就是卖花、卖伞和卖香。那是因为这三种行业是纯善的行业，对众生只有利益，没有伤害，可以一直和人结善缘。

可叹的是，有的人是以痛苦埋怨的心在经营这纯善的行业。

我经常去买花的花店，卖花的是一位中年妇人，永远笑着，很有活力；永远穿着干净而朴素，却很有风采。

当我对她说起民间的说法，赞美她说："老板娘一定是前世修来的福报，才能经营这纯善的行业呀！"

她笑得很灿烂，就像一朵花，不疾不徐地说："其实，只要有纯善的心，和人结善缘，所有的行业都是前世修来的。"

心灵的护岸

吃晚饭的时候，我对妈妈和哥哥说："明天我想带孩子去护岸走走。"他们同时抬起头看了我一眼，点一下头，又继续吃饭了，那意思于我已经很明确了，就是护岸已经不值得去了。

护岸是家乡的古迹之一，沿着旗尾溪的岸边建筑，年代并不久远，是日据时代堆成的。筑造的原因，是从前的旗尾溪经常泛滥成灾，高达一丈的护岸，在雨季可以把溪水堵住，不至于淹没农田。

旗山的护岸或者也不能算是古迹，因为它只是由许多巨大的石头堆叠而成，它的特点是石头与石头之间并没有黏结，只依其各自的状态相互叠扣，石头大小与形状都各自不同，但是组成数公里的护岸，却是异常的雄伟与平整。

旗山原是平凡的小镇，没有什么奇风异俗，我喜欢护岸当然是感情因素。

在我幼年的时候，护岸正好横在我家不远的香蕉园里，我时常跑去上上下下地游戏，印象最深的是，春天的时候，护岸上只有一种植物"落地生根"，全数开花时，犹如满天的风铃，恍如闻到叮叮当当的响声。

在护岸底部沿着沟边，母亲种了一排芋田，夏天的芋叶像菩萨的伞盖，高大、雄壮，有着坚强的绿色，坐在护岸上看来，芋头的叶子真是美极了，如果站起来，绵延的蕉树与防风的竹林、槟榔交织，都有着挺拔高挑的风格，个个抬头挺胸。

我时常随父母到蕉园去，自己玩久了，往往爸妈已改变工作位置，这时我会跑到护岸上居高临下，一列列地找他们，很快就会找到，那护岸因此给我一种安全的感觉，像默默地守护着我。

我也喜欢看大水，每当暴雨过后，就会跑到护岸上看大水，水浪滔滔，淹到快与护岸齐顶，使我有一种奔腾的快感。平常时候，旗尾溪非常清澈，清到可见水里的游鱼，澈到溪底的石头历历，我们常常在溪里戏水、摸蛤蜊、抓泥鳅，弄到满身湿，起来就躺在护岸的大石上晒太阳，有时晒着晒着睡着了，身体一半赤一半白，爸爸总会说："又去煎咸鱼了，有一边没有煎熟呢。还未翻边就回来了。"

护岸因此有点像我心灵的故乡，少年时代负笈台南，青年时代在台北读书，每次回乡，我都会在黄昏时沿护岸散步，沉思自己生命的蓝图，或者想想美的问题，例如护岸的美，是来自它的自身呢？或是来自小时候的感情？或者来自心灵的象征？后来发现美不是独立自存的，美是有受者、有对象的，真实的美来自生命多元的感应道交，当我们说到美时，美就不纯粹客观，它必然有着心灵与情感的因素。

我对护岸的心情，恐怕是连父母都难以理解的，但我在护岸散步时，常会想起父母作为农人的辛劳，他们正是我们澎湃汹涌的河流之护岸，使我即使在都市生活，在心灵上也不至于决堤，不会被都市的繁华淹没了平实的本质。

这一次我到护岸，还征求了三位志愿军，一个是我的孩子，两个是哥哥的孩子，他们常听我提到护岸是多么的美，却从来未去过。他们一走上护岸，我就看见他们眼里那失望的神色了。

旗尾溪由于上游被阻绝，变成一条很小的臭水沟，废物、馊水、粪便的倾倒，使整个护岸一片恶臭。岸边的田园完全被铲除，铺了一条产业道路，路旁盖着失去美感、只有壳子的贩厝。有好几段甚至被围起来养猪，必须要掩鼻才有走过的勇气。大石上，到处都是宝特瓶、铝罐子和塑胶袋。

走了几公里，孩子突然回头问我："爸爸，你说很美的护岸就是这里吗？"

"是呀，正是这里。"心里一股忧伤流过，不只护岸是这样的，在工业化以后的台湾，许多有美感的地方不都是这样吗？田园变色、山水无神，可叹的是，人都还那样安然地，继续把环境焚琴煮鹤地煮来吃了。

我本来要重复这样子说："我小时候，护岸不是这样子的。"话到口中又吞咽回去，只是沉默地、一步一步地走向护岸的尽头。

听说护岸没有利用价值，就要被拆了，故乡一些关心古迹文化的朋友跑来告诉我，我不置可否，"如果像现在这个样子，拆了也并不可惜呀"，我铁着心肠说。

当我们说到环境保护的时候，一般人总是会流于技术的层面，或说：“为子孙留下一片乐土。”或说：“我们只有一个地球。”这些只是概念性的话；其实保护环境要先保护我们的心，因为我们有什么样的败坏的环境，正是来自我们有同样败坏的心。

就如同乡下一条平凡的护岸，它不只是石头堆砌而成的，它是心灵的象征，是感情的实现，它有某些不凡的价值，但是粗俗的人，怎么能知道呢?

我们满头大汗回家的时候，妈妈正在厨房里包扁食（馄饨），正像幼年时候，她体贴地笑问：“从护岸回来了？”

“是呀，都变了。”我黯然地说。

妈妈作结论似的说：“哪有几十年不变的事呀。”

然后，她起油锅、炸扁食，这是她最拿手的菜之一，是因为我返乡，特别磨宝刀做的。

哧——油锅突然一声响，香味四散，我的心突然在紧绷中得到纾解。幸好，妈妈做的扁食经过这数十年，味道还没变。

我走到锅前，学电视里的口吻说：“嗯，有妈妈的味道。”

妈妈开心地笑了，像清晨的阳光，像清澈的河水。

只有妈妈的爱，才是我们心灵永久的护岸吧，我心里这样想着。

有风格的小偷

走过一家羊肉炉店的门口，突然有一个中年人的声音热情地叫住我。

回头一看，是一位完全陌生的中年人，我以为是一般的读者，打了招呼之后，正要继续往前走。

没想到中年人跑过来拉着我的手臂，说："林先生一定不记得我了。"

我尴尬地说："很对不起，真的想不起在什么地方见过你。"

中年人说起二十年前我们会面的情景，当时我在一家报馆担任记者，跑社会新闻。有一天，到固定跑线的分局去，他们正抓到一个小偷，这个小偷手法高明，自己偷过的次数也记不得了。据警方说法，他犯的案件可能上千件，但是他才第一次被捉到。

有一些被偷的人家，经过几星期才发现家中失窃，也可见小偷的手法多么细腻了。

我听完警察的叙述，不禁对那小偷生起一点敬意，因为在这混乱的社会，像他这么细腻专业的小偷也是很罕见的。

当时，那小偷还很年轻，长相斯文、目光锐利，他自己拍着胸脯对警察说："大丈夫敢作敢当，凡是我做的我都承认。"

警方拿出一叠失窃案的照片给他指认，有几张他一看就说：

“这是我做的，这正是我的风格。”

有一些屋子被翻得凌乱的照片，他看了一眼就说：“这不是我做的，我的手法没有这么粗。”

二十年前，我刚当记者不久，面对一个手法细腻、讲求风格的小偷，竟自百感交集。回来以后写了一篇特稿，忍不住感慨：“像心思如此细密、手法这么灵巧、风格这样突出的小偷，又是这么斯文有气魄，如果不做小偷，做任何一行都会有成就吧！”

从时光里跌回来，那个小偷正是我眼前的羊肉炉老板。

他很诚挚地对我说：“林先生写的那篇特稿打破了我的盲点，使我想到：为什么除了做小偷，我没有想过做正当的事呢？在监狱蹲了几年，出来开了羊肉炉的小店，现在已经有几家分店了，林先生，哪一天来给我请客吃羊肉呀！”

我们在人群熙攘的街头握手道别，连我自己都感动了起来，没想到二十年前无心写的一篇报道，竟使一个青年走向光明的所在。这使我对记者和作家的工作有了更深一层的思考，我们写的每一个字都是人格与风格的延伸，正如一个小偷偷东西的手法，也是他人格与风格的延伸，因此，每一次面对稿纸怎么能不庄严谨慎呢？

现在由我来为这个改邪归正的小偷写一个结局：

“像心思如此细密、手法这么灵巧、风格这样突出的小偷，又是这么斯文有气魄，现在改行卖羊肉炉，他做的羊肉炉一定是非常好吃的！”

不流汗的运动

朋友约我到大饭店的俱乐部去做健身的运动。

健身房里是一架庞大的机器，结构十分复杂，朋友为我解说那机器有不同的功能，要练手肌或腿肌是很不同的，必须拉动或推动不同的部位。

然后，我们围着那部机器练不同的肌肉，练到全身酸痛、气喘如牛，全身却未流一滴汗，因为健身房的冷气实在太强了。

我感到一种荒诞之感，而停止了健身。

走出饭店，全身的汗水像是隐忍很久，突然从全身各毛孔喷了出来，这时候我深切地感受到，能在运动时汗流浃背，实在是痛快的事。

想到从前农村社会的时代，我们都在田园中劳作，汗水经常滴落田间，那在大自然中的劳作，既是最好的运动，也是最好的健身。当时我们吃朴素的食物，所以不会有过剩的脂肪，我们过单纯的生活，所以不会有高血压和心脏病，我们流汗打拼，所以不会失眠和神经衰弱。

现在呢？我们吃过度营养的食物，过着复杂奔忙的生活，每天用脑过度、四体不勤，只有用运动——在健身房运动——来防止身心的恶化，这就好像在河水中插一枝竹子想要挡住河水一样呀！

我们社会上的许多人，花很长岁月才走出劳动的生活，并且很快地发现许多珍贵的东西也随着劳动的生活流走了。

现在想想，能劳动是很好的，能流汗是很好的，吃朴素的食物和过简单的生活都是很好的呀！

季节十二帖

一月 大寒

冷也到了顶点了。

高也高到极限了。

日光下的寒林没有一丝杂质，空气里的冰冷仿佛来自故乡遥远的北国，带着一些相思，还有细微几至不可辨认的骆驼的铃声。

再给我一点绿色吧，阳光对山说。

再给我一点温暖吧，山对太阳说。

再给我一朵云，再给我一把相思吧，空气对山岗说。

我们互相依偎取暖，究竟，冷也冷到顶点，高也高到极限了。

二月 立春

春气始至，下弦月是十一日的七时一分。

“如果月光开始温柔照耀的时候，请告诉我。”地底的青虫对着荷叶上的绿蛙说。

“我忙得很呢！我还要告诉茄子、白芋、西瓜、蕹菜、肉豆、苋菜，它们发芽的时间到了。”蛙说。

“那么谁来告诉我春天到来了呢？”青虫说。

“你可以静听远方的雷声，或是仕女们踏青的步声呀！”蛙说。

青虫遂伏耳静听，先听见的竟是抽芽的青草血液流动的声音。

三月 惊蛰

“雷鸣动，蛰虫皆震起而出，故名惊蛰。”

我们可以等待春天的第一声雷，到草原去，那以为是地震的蛰虫都沙沙地奔跑，互相走告：雷在春天，不知道为什么这一次打到地底来了。蚱蜢都笑起来，其实年年雷都震动地底，只是蛰虫生命短暂，不知道去年的事吧！

在童年遥远的记忆中，我们喜欢春天到草原去钓蛰虫，一株草伸入洞里，蛰虫就紧紧咬住，有如咬住春天。

童年老树下的回忆，在三月里想起来，特别有春阳一般的温馨。

四月 清明

“时万物洁显而清明，时当气清景明，故名。”

这一次让我们去看四月里温柔的草原与和煦的白云吧！因为如果过了四月的草之绿与云之白，今年就再也没有什么景色可以领略了。

但是，别忘了出发前让心轻轻地沉静下来，用一种清明的心情去观照天空与花树的对话。

我走出去，感觉被风包围，我对着一朵含苞的小黄花说：“亲爱的，四月的时候不要睡着了。”

五月 小满

天空突然下起雨来，对于天上的雨我们没有拒绝的权利，我们总是默默地接受了。

站在屋檐下避雨，我想着：为什么初夏的雨总没来由地下着，这时，竟有一些些美丽的心情，好像心里也被雨湿润了，痴痴地想起，某一年，是这样的五月，也是这样突然的初夏之雨，与一个心爱的人奔过落雨的大街。

冲进屋檐下的骑楼，抬头正与一个厢壁的石雕相遇，那石雕今日仍在，一起走过雨路的人，却远了。

五月的雨，总是突然就停了。

阳光笑着，从天上跌落下来。

六月 芒种

“时可种有芒之谷，过此即失效，故曰芒种。”

坐火车飞过田野，偶尔会见到农夫正在田中插秧，点点的嫩绿在风中显得特别温柔，甚至让人忘记了那每一株都有一串汗水。

芒种，是多么美的名字，稻子的背负是芒种，麦穗的承担是芒种，高粱的波浪是芒种，天人菊在野风中盛放是芒种……有时候感觉到那一丝丝落下的阳光，也是芒种。

六月的明亮里，我们能感受到四处流动的光芒。

芒种，是深深把光芒植根，在某些特别的时候，我呼唤着你的名字，就仿佛把光芒种植。

七月 小暑

院里的玫瑰花从去年落了以后就没有再开。

叶子倒仍然十分青翠，枝干也非常刚强，只是在落雨的黄昏，窗子结满雾气，从雾里看出，就见到了去年那个孤寂的自己。

这一次从海岸回来，意外地看到玫瑰花结成的苞，惊喜的感觉使自己又寻回年轻时那温婉的心情，这小小的花，小小的暑气，使我感觉到真实的自我。

泡一杯碧螺春，看玫瑰花在暑气里挣扎开放，突然听见在遥远海边带回来的涛声，一波又一波清洗着我心灵的岬角。

八月 立秋

“秋训：禾谷熟也。”

梦里醒来的时候，推窗，发现天上还洒着月光。

仿佛才刚刚睡去，怎么忽然就从梦里醒来了呢?

刚刚确实是做了梦的，我努力回想梦境，所有的情节竟然都隐没了，只剩下一个古老的、优雅的、安静的回廊，回廊里有轻浅的步声，好像一声一声地从我的心踩过。

让我再继续这个梦吧！躺下时我这样许着愿。

我果然又走进那个回廊，步声是我自己的，千回百转才走到出口，原来出口的地方满天红叶，阳光落了一地。

原来是秋天了，我在回廊里轻轻叹口气。

九月 白露

“阴气渐重，凝而为露，故名白露。”

几棵苍郁的树，被云雾和时间洗过，流露出一种沧桑的神色。我站在这山最高的地方向下望，云一波波地从脚下流过，鸟声在背后传来，我好像也懂了站在这里的树的心情——站在最高的地方可以望远，但也要承担高的凄冷，还有那第一波来的白露。

候鸟大概很快就要从这里飞过，到南方的海边去了吧？

这时站在云雾封弥的山上，我闭上眼睛，就像看见南方那明媚的海岸。

十月 霜降

这一次我离开你，大概就不容易再见到你了。

暮色过后，我会有一个真正的离开，就让天空温柔的晚霞做最后见证，有一天再看见同样美的晚霞，不管站在何时何地，我都会想起你来。

霜已经开始降了，风徐徐的，泪轻轻的，为了走出黑暗的悲剧，我只好悄悄离去。

我走的时候，感到夜色好冷，一股凉意自我的心头刺过。

十一月 立冬

“冬者，终也。立冬之时向，万物终成，故名立冬。”

如果要认识青春，就要先认识青春有终结的时候。

为花的开放而欢喜，为花的凋落而感伤，这样，我们永远不能认识流过的时间，是一种自然的呈现。

在园子里紫丁香花开的时候，让我们喝春天的乌龙吧！

在群花散尽，木棉独自开放的冬日，让我们烘着暖炉，听维瓦尔第，喝咖啡吧！

冬天是多么美，那枝头最后落下的一朵木棉，是绝美！

十二月 冬至

“吃过这碗汤圆，就长一岁了。”冬至的时候，母亲总是这样说。

母亲亲手做的汤圆格外好吃，尤其是在寒冷的冬夜，又和着成长的传说。

吃完汤圆，我们就全家围在一起喝热茶，看腾腾热气在冷的气候中久久不散，茶是父亲泡的，他每天都喝茶。但那一天，他环顾我们说：“果然又长大一些。”

那是很多年前冬至的记忆，父亲逝世后，在冬至，我常想起他泡的茶，香味至今仍在齿颊。

内外皆柔软

日本京都大仙寺的住持尾关宗园，是当代著名的禅师，也是有名的演说家。

由于对自己的经验极有信心，有一次他接受了一个中学的演讲邀约，并没有约定题目，他心想大概和平常一样，谈一些教化的演讲。

演讲当天，学校的老师开车来接他，他问学校的老师说："请问今天演讲的题目是什么？"

老师说："学校的毕业旅行准备参观大仙院和市内的主要寺院，所以想请你对学生谈谈京都的历史、古寺和名胜的由来。"

尾关宗园听了大吃一惊，非常紧张，手心出汗，一直发抖。

因为他对京都的历史、古寺、名胜的认识浅薄，实在没有内容可以告诉学生。

中学老师看他不知所措的样子，还笑着安慰他说："你别想得太难，只要放轻松就可以了。"

尾关宗园内心直打寒战，眼前一片迷蒙，感觉到学校的路上时间好像一世纪那么长，直到和学校校长、老师打招呼时，心里还在想："我究竟该说些什么？"

他在毫无准备的情形下上台演讲，因为太紧张，上阶梯时，突然绊了一跤。

全场学生哄然大笑，这一笑，使他释然了，因为心想："再也不会有比跌跤更糟的事了。"

于是，他说："说真的，临时要我介绍京都的历史、古寺和名胜的由来，真是太难了，所以，我在半途就好想逃回去。"

学生又是一阵笑声，这次不是轻视的笑了。

尾关禅师完全释然放松，做了一次成功的演讲。

由于在讲台绊到的那一跤，使他恢复了平常心，从"非这么做不可"转换成"这样做也可以""那样做也可以"，本来因对立而产生的恐惧，也因为无心的跌跤而消失了。

这是尾关宗园在他的著作《大安心》中的一段回忆，他的结论是："因为时钟的滴答声而睡不着，心里总是惦记着时钟的声音，这是一个缺乏安定感的自己。在不知不觉中睡着，而不在乎时钟的声音，就等于与它合而为一、变为一体了。"

平常心也是无心的妙用，心里想着"要睡一个好觉"的人，往往容易失眠；心里计划着"要有一个美好人生"的人，总是饱受折磨。

"外刚内柔"的人，一旦受到挫折，就容易走极端。

"外柔内刚"的人，则会自我挣扎，难以放松。

唯有内外都柔软，没有预设立场的人，才能一心一境，情景交融，达到一体心的境界。

我和尾关禅师一样，也常常去参加不知题目的演讲，也有惶恐、紧张的时候，我总是想到这句话就释怀了：

"再也不会有比跌跤更糟的事了。"

鸟声中的再版

有时候带着一部录音机可以做很多事。

清晨，我们可以在临近海边的树林录音，最好是太阳刚刚要升起的瞬间，林间的虫鸟都在准备醒来，林间充满了不同的叫声，吱吱喳喳窸窸窣窣。而太阳升起的那一刻，不仅风景被唤醒，鸟与虫也都唱出了欢声，这早晨在海滨录下的鸟声，真像一个大型的交响乐团，它们正演奏着雄伟而期待着光明的序曲。

午后最好去哪里录音呢？我们选择靠近溪畔的森茂林间，那是夏天蝉声最盛的时候。蝉声在森林里就像一次庞大的歌唱比赛，每一只蝉都把声音唱得最响，偶尔会听见，一只特别会唱的蝉把声音拔到天空，以为是没有路了，它转了一圈，再拔高上去。蝉声和夏天的太阳一样，充满了热力。

黄昏时分，我们到海边去录音，海的节奏是轻缓的，以一种广大的包围推送过来，又以一种温和的宽容往后退去，有时候会传来海鸥觅食的叫声，这时最像室内乐了，变化不是太大，但别有细致美丽的风格。

夜晚的时候就要到湖畔的田野去了，晚上的虫声与蛙鸣一向最热闹，尤其在繁星照耀的夜晚，每一个星光的范围，都有欢愉的声音。划分起来，一半是虫或蟋蟀，一半是蛙与蛤蟆，可以说是双重奏。在生活上，它们是互相吞吃或逃避的，发为声音，反而有一种冲突的美感。

如果不喜欢交响乐、合唱团、室内乐、双重奏，偏爱独奏的话，何不选择有风的时候到竹林里去？在竹林里录下的风声，使我们知道为什么许多乐器用竹子作材料，风穿过竹林本身就是一种繁复而丰满的音乐。

在旅行、采访的途中，我随身都会带着录音机，主要的录音对象当然是人了，但也常常录下一些自然的声音，鸟的歌唱、虫的低语、海的潮声、风的呼号……这些自然的声音在录音机里显出它特别的美丽，它是那样自由，却又有结构的秩序；它是那样无为，却又充满生命的活力；它是那样单纯，却有着细腻的变化。每一次听的时候，我仿佛又回到自然的现场，坐在林间、山中、海滨、湖畔，随着声音，风景整个重现了，甚至使我清楚地回忆那一次旅程停留的驿站，以及遇见的朋友，当然，也有一些温暖或清冷的回忆。

常常，我把清晨的鸟放入录音机，调好自动跳接的时间，然后安然睡去，第二天我就会在繁鸟的欢呼中醒来，感觉就像睡在一座高而清凉的林间。蝉声也是如此，在录音机的蝉声中睡醒，使我想起童年时代的午睡，睡在系着树的吊床，一醒来，蝉声总是扑进耳际。

这些声音的再版，还能随着我们的心情调大调小，在我们心情愉悦时听起来就像大自然为我们欢唱，在我们忧伤之际，听起

对顺境逆境都要心存感恩，
让自己用一颗柔软的心包容世界。柔软的心最有力量。

来仿佛也有悲哀的调子。其实，它们广大而恒久不变，以浑雄的背景反映着我们，让我们能在一种极大的风格中深思，反观自己的内心。

在眼耳鼻舌身意里，我们要从哪一根才能进入智慧呢？从前，我们过分重视意识的思考和眼睛的见解，往往使我们忽视掉听闻外界与自己的声音，嗅及外界与自己的香气，肤触外界与自己的感觉，等等，都同样能使我们进入智慧。

我们的观世音菩萨，他正是由耳根进入智慧之门，他的“耳根圆通法门”深深地感动我。观世音菩萨在《楞严经》里说：

> 我从闻思修，入三摩地。初于闻中，入流亡所。所入既寂，动静二相，了然不生。如是渐增，闻所闻尽，尽闻不住。觉所觉空，空觉极圆。空所空灭，生灭既灭。寂灭现前，忽然超越世出世间。十方圆明，获二殊胜：
>
> 一者，上合十方诸佛本觉妙心，与佛如来同一慈力。
>
> 二者，下合十方一切六道众生，与诸众生同一悲仰。

观世音菩萨从闻声、思惟、修证，进入空性与觉性浑然一体至极圆明的境界，最后甚至超越世间与出世间所有的境界，使他体证到自己的本性和佛一样，具有大慈大能，也使他体会到六道众生的心虑，而与一切众生同样有慧心的仰止。这从声音来的最高，是多么动人！

那从许多地方录下来的声音，不只是心的洗涤，有时真能令我们体会到空明的觉性，知道佛的慈力与众生的悲仰，当我们在最普通的声音里听见了觉性的空明时，会使我们的心流下清明与感恩的眼泪。

路上的情书

我捡过一封诀别的情书。

情书上有这样看来普通的句子："当初是我选择了你，心里明知与你不会长久，还是执着地选择了你。"

"这些日子以来，谢谢你陪我走过这一段路。"

"你是一个很好的人，你一定会认识比我好上千倍的女孩。"

"由衷地希望在没有我的日子，你依然过得好。"

会捡到这封情书是很偶然的。有一天我在路上散步，刮起一阵强风，一个印刷十分精美的信封落在我的眼前，信封没有署名，也没有缄封，我就打开来看。

是一封很长的诀别信，看来是十七岁的少女写给十八岁的男朋友的信，显然她是要离开他了，于是找了许许多多借口。

奇怪的是，这封信收信和发信的人都没有名字，写信的少女叫做"March"，她的男朋友叫做"December"，是三月写给十二月的信呢！可以想见十二月收到这封信，脸如寒冬的样子。三月的信写得这么苦，心情也不像阳春的季节。

可是，这么重要的信为什么会掉在路上呢?

它有几个时间的可能，一是少女写好信不小心遗落的；二是她随手丢弃；三是男朋友收到后，非常生气，回家的路上就顺手扔了。

不管如何，这封没有地址与署名的诀别信，一定是亲手递交的，可见这个少女非常有诚意，又写诀别信、又亲手交托。不像我们年轻时的感情事件，对方离开时的理由到如今都还是谜一样。

三月在信里说："在你十八岁生日时，无论我在不在你身旁，一定会送你一枚银戒指，传说在十八岁生日时收到银戒指，此后将会一路顺畅平安。如今，这段甜蜜的过去就要放弃，明知你是真心爱我，December，回头再看一眼，再看一眼就好，珍重！再见！"

这结尾写得真不错，我坐在公园的长椅上，读着路上偶然捡到的情书，想到少年时代我们的情感都是如此纠缠的，因为不能了解一切都只是偶然。

银戒指何必等到分手之后再送，今天送不是很好吗？明天的事，谁知道呢？

不知道后来三月找到四月，十二月找到一月没有？

那信纸也选得很好，是一个背着行李站在铁轨交叉点的少女，不知道走哪一条路好。

"不管怎么走，都会有路。"我把诀别的情书收好，想起这句话。

牡丹也者

温莎公爵夫人过世的那一天，正巧是台北故宫博物院至善园展出牡丹的第一天。

真是令人感叹的巧合，温莎公爵夫人是本世纪最动人的爱情故事的主角，而牡丹恰是中国历史上被认为是最动人的花。一百盆“花中之后”在春天的艳阳中开放，而一朵伟大的“爱情之花”却在和煦的微风中凋谢了。

我们赶着到外双溪去看牡丹，在人潮中的牡丹显得多么脆弱呀！因为人群中蒸腾的浊气竟使它们提前凋谢了，保护牡丹的冰块被放置在花盆四周，平衡了人群的热气。

好不容易拨开人群，冲到牡丹面前，许多人都会发出一声叹息：终于看到了一直向往着的牡丹花！接下来则未免怏怏：牡丹花也像是芙蓉花、大理菊一样，不过如此，真是一见不如百闻呀！在回程的路上，不免兴起一些感慨，我们心中所存在的一些美好的想象，有时候禁不起真实的面对，这种面对碎裂了我们的美好与想象。

我不是这一次才见到牡丹的，记得两年前在日本旅行，朋友约我到东京郊外看牡丹花展，那一夜差一点令我在劳顿的旅途中也为之失眠，心里一直梦想着从唐朝以来一再点燃诗人艺术家美感经验的帝王之花的姿容。自然，我对牡丹不是那么陌生的，我曾在无数的扇面、册页、巨作中见过画家最细腻翔实的描绘，也在无数的诗歌里看到那红艳凝香的侧影，可是如今要去看活生生地开放着的牡丹花，心潮也不免为之荡漾。

在日本看到牡丹的那一刻，我可以说是失望的，那种失望并不是因为牡丹不美，牡丹还是不愧为帝王之花、花中之后的称号，有非常之美，但是距离我们心灵所期待的美丽还是不及的。而且，牡丹一直是中国人富贵与吉祥的象征，富贵与吉祥虽好，多少却带着俗气。

看完牡丹，我在日本花园的宁静池畔坐下，陷进了沉思：是我出了问题？还是牡丹出了问题？为什么人人说美的牡丹，在我的眼中也不过是普通的花呢？

牡丹还是牡丹，唐朝在长安是如此，现代在东京也仍然如此，问题是出在我自己身上，因为历史上我所喜爱的诗人、画家，透过他们的笔才使我在印象里为牡丹描绘了一幅过度美丽的图像，也因为我生长在台湾，无缘见识牡丹，把自己的乡愁也加倍地放在牡丹艳红的花瓣上。

假如牡丹从来没有经过歌颂，我会怎样看牡丹呢？

假如我家的院子里，也种了几株牡丹呢？

我想，牡丹也将如我所种的菊花、玫瑰、水仙一样，只是美丽，还可以欣赏的一种花吧！

我怀着落寞的心情离开了日本的花园，在参天的松树林间感到一种看花从未有过的寂寞。

唯一使我深受震动的，是在花园的说明书里，我看到那最美的几种牡丹是中国的品种，是在唐宋以后陆续传到日本的。在春天的时候，日本到处都开着中国牡丹，反倒是居住在中国南方的汉人有一些终生未能与牡丹谋上一面。

花园边零售的摊位上，有贩售牡丹种子的小贩，种子以小袋包装，我的日本朋友一直鼓舞我买一些种子回台湾播种，我挑了几品中国的种子回来，却没有一粒种子在我的花盆中生芽。

这一次在故宫到善园看牡丹花展，识得牡丹的朋友却告诉我说："这些牡丹是日本种，从日本引进种植成功的。"

"日本种不就是中国种吗？"我问。

"最原始的品种当然还是中国种，可是日本人非常重视牡丹，他们改良了品种，增加了花色，中国种比较起来就有一些逊色了。"

这倒真是始料未及的事，日本人以中国的品种为好，我们倒以日本的品种为好了。那些无知的牡丹，几乎不知道自己是哪里的品种，只要控制了气温与环境，它就欣悦地开放。对于中国的牡丹，这一段奇异的路真是不可知的旅程呀！

日本看牡丹，台北看牡丹，有一种心情是相同的，即是牡丹虽好，有种种不同的高贵的名字，也只是一种花而已。要说花，我们自己亲手所种植，长在普通红泥花盆里的花，才是最值得珍惜的，虽无掀天声价，到底是我们自己的花。

从至善园回来，我在阳台上浇花，看到自己种的一盆麒麟草，因为春光，在尾端开出一些淡红的小花，一点也不稀奇，摆在路上也不会引人驻足，但它是美，比我所看见的牡丹毫不逊色。因为在那么小的花里，有我们的心血，有我们的关怀，以及我们的爱。

温莎公爵与夫人也是如此，一宗曾使全世界的恋人为之落泪动容的爱情，从我们年幼的时候，就飘荡在我们胸腔之中，然后我们立下了这样的志向：如果我右手有江山，左手有美人，我也要放下右手的江山来拥抱左手的美人。

可是志向只是志向，我们不可能同时拥有江山与美人，要是有，可能也放不下，连一代枭雄拿破仑都办不到，他的境界只留在“醉卧美人膝，醒掌天下权”的境界。

一般人为爱情作小小的牺牲都难以办到，何况是舍弃江山去追求爱情呢?

试想当年，风度翩翩的威尔斯王子，准备继承他父亲乔治五世的王位成为爱德华八世，加上他容貌出众，干练而有理想，是那个时代全世界最受少女仰慕的王子，以他的风采与地位，要找一位最美丽、最杰出、最聪明的妻子，简直是易如反掌。

他应该拥有最好、最美的一朵牡丹，这也是全英国的期望。

可是他喜欢的不是牡丹。

他爱上了一个离过婚的有夫之妇——辛普森夫人。

辛普森夫人本名华丽丝，当年三十四岁，是伦敦商人艾奈斯特的太太，既不年轻也不貌美，既不富裕又没有受过良好的教育，她的身体也不健康，胃病时时发作。在一九三〇年代英国人民的眼中，辛普森夫人简直一无是处，偏偏他们的国王爱上了这

不管生命的历程变成怎样，
我们每天每天都要含笑开放，让香气飘扬！

个女子。

那种心情是可以想见的，就如同我们有一园子盛开的牡丹，请朋友来观赏，朋友在园子里绕了半天却说：花园角落那一株紫色的酢浆草开得真是美。

华丽丝就像那株紫色酢浆草，而且还不是初开的，已经是第三次开放。

后来，爱德华八世如何为了华丽丝，不惜与首相闹翻，放弃江山，是大家都知道的故事，也成为这个冷漠无情的世纪里，一个真实动人的爱情典范。

我并不想评述这段爱情，我有兴趣的是，人人都说牡丹好，如果我们觉得牡丹的美不如朱槿花，为什么不勇敢地说出来呢？或者说当我们面对爱情的试炼之时，是不是能打开一切条件的外貌，去触及真实本然的面目呢？是不是能把物质的一切放在一边，作心灵真正的面对呢？

这个世界，许多的女人都拥有钻石、珠宝、貂皮大衣，但是真正觉得钻石、珠宝、貂皮大衣是美丽的女人极少，绝大部分是只知道它的价钱。

我们在钻石的光芒中找到的美不一定是纯粹的美，我们在海边无意拾获的贝壳之美才是纯粹的美。我们在标价百万元的兰花上看到的美不一定是真实的美，我们在路边无意中看见的油菜花随风翻飞才是真实的美。

爱与牡丹也是如此。

爱德华八世和辛普森夫人的爱不一定是纯粹与真实的美，只有还原到大卫与华丽丝，才有了纯粹与真实之美。

牡丹如果是放在花盆里用冰块冰着，供给众人瞥看一眼，不是真美；只有把它还原到大地上，与众花同在，从土地生发，才是真美。

我们不必欣赏爱德华与辛普森，我们只要珍惜自己拥有的小小的爱就够了，我们的爱虽平凡渺小，即使有人送我江山，也是不可更换的。爱之伟大无如我者，小小江山何足道哉！

我们也不必欣羡牡丹，我们只要宝爱自己拥有的菊花、玫瑰、蔷薇、茉莉，乃至鸡冠花、鸡屎菊也就是了。在这个大地上，繁花锦绣无不是美，我对美的见识如此壮大，小小牡丹何足道哉！

把帝王之花还给帝王。

把花中之后还给皇后。

我只把最真实、最纯朴、最能与我的美感或爱情相呼吸的留给我自己，我自己就是江山，我自己就是一个具足的宇宙。

黄昏·微温·冬雪的早晨

有一天，孩子问我："爸爸，什么叫浪漫？"

这个我们在青年时代常挂在口中的名词，因为很久没有使用了，听起来感觉十分陌生，一时之间竟无法回答，只好反问儿子："你怎么会问起浪漫呢？"

原来，孩子刚学会一首流行歌，歌名是《一个爱上浪漫的人》，歌词是这样子的：

一个爱上浪漫的人
前生是对彩蝶的化身
喜欢花前月下的气氛
流连忘返海边的黄昏

一个爱上浪漫的人
今世有着善感的灵魂
睡前点亮床前的小灯
盼望祈祷梦想会成真
哦！这样的你执着一厢的情愿伤痕

哦！这样的我空留自作的多情余恨

就让我们拥抱彼此的天真
两个人的寒冷靠在一起就是微温
相约在那下着冬雪的早晨
两个人的微温靠在一起不怕寒冷

孩子虽然喜欢唱，却搞不懂其中的意思，我对孩子说："说真的，我也不懂呢！"

光是"一个爱上浪漫的人"这一句我就不懂，因为浪漫是一种本质，是自然表现出来的，而不是一种行为的表相，就像电视剧里常有的，冒雨在屋外站一夜，咬破手指写血书，坐在沙滩上一支接一支地抽烟，那不一定是浪漫，有时反而显得肤浅与无知罢了！

至于什么是"浪漫"呢？是不是就是一个"善感的灵魂"？我查了《辞海》，其中并没有"浪漫"一词，只有"浪漫主义"，是指十八九世纪时，为了反抗规矩严谨的古典主义、合理主义，许多文学艺术家主张不同方式的创作，不同的艺术态度，它有三个特征：

一、注重主观、崇尚理想，打破一切形式，以豪放纵恣的个人情绪为贵。

二、好奇尚美，以平凡的日常生活不足以感动人心，所以取材中古，加以渲染。

三、反抗一切束缚个人自由的因袭道德及社会法度。

从这个观点看，浪漫是一种主义，也是一般人所说的“罗曼蒂克”（Romanticism），它是综合了性格、生活、思想、观念与态度的，当我们说到一个人很浪漫，不是说他做出许多空虚不可把捉的行为，而是他对生活有理想色彩、喜欢自由地表达，不受形式、道德、法度的拘限。光是有一个“善感的灵魂”是不够的，要有对生命的感性知见、坚持理想的勇气、自尊自主的胸襟才行。

浪漫因此不是文学艺术家的专利，我认为，凡是对人类文明有贡献的、坚持理想百折不回的人，都可以说是浪漫的人。远的像释迦牟尼佛、耶稣基督、老子、庄子、苏格拉底都可以说是浪漫的，近的像甘地、孙中山、林肯，甚至史怀哲、爱因斯坦、德蕾莎修女、证严法师等，都有着浪漫的胸怀。那是一种不以现实、物质、利益是尚的态度，而是有心灵的深刻内涵，及长远的生命目标的。

如果浪漫是喜欢花前月下、流连海边黄昏、点亮床前小灯、祈祷梦想成真，那还不如不要浪漫，回家过踏实的生活就好了。

浪漫是心灵里更崇高的呼声，是一种内在优雅品质的点燃，是完美的梦之向往；是老鹰一样强烈的个人主张；是狮子一样有坚强的姿态；是长颈鹿一样看见更远方的道路；是天鹅一样在独处时有群体的怀抱，在群体中还有独处的心；是白貂一样，柔软、温暖，有灵醒的白。

“浪漫到底是什么呀？爸爸！”孩子看我陷入沉思，唤醒了我。“最简单地说，浪漫就是给自己留一点空间，给现在的生活留点空间，给未来的生命留点空间。”我说。

“那么，这首歌到底是在说什么呢？它说的是不是浪漫？”

我告诉孩子，我有写歌词的朋友，他们通常做的是填词游戏，把同音韵的字从字典里抄出来，像“黄昏”“微温”“化身”“气氛”“小灯”“天真”“寒冷”“冬雪的早晨”等，然后把字填满，一首歌就完成了。有的人一天可以作七八首歌哩！只要他手里有一本字典。

“你只要喜欢听就好了，不必在乎它是不是真的浪漫。”我说。

玻璃心

台湾大学法律研究所一年级的女学生，以晒衣绳在宿舍上吊自杀，她一个月前才通过律师高考。遗书写着“觉得活得很累”，“受不了一次又一次的感情失败”。

中山大学四年级的男学生自杀身亡，外在环境根本没有自杀的理由，但他的遗书说“活着无聊”、“人生没有什么意义”。

一位国中女生因为考试成绩不好，受到同学嘲笑，一时想不开，当场从学校大楼跳下自杀，死在校园中庭。

台湾大学社会系三年级的学生，自幼品学兼优，大学一、二年级都是第一名，三年级得了第三名，悲伤自杀。

国小女学生因细故被父亲责骂，在家里喝农药自杀。

师范大学附属中学二年级学生，由于模拟考试不理想，从住家顶楼跳楼自杀。

…………

这是近几个月来令我印象深刻的“学生自杀事件”，相信不是单一的事件，也不是偶发的事件，根据台北地区张老师的统计，光是去年一年，打电话找张老师求救、挣扎于自杀边缘的青少年共有一万四千名以上。那些自杀而没有刊登于媒体的比率一定是很大的，如果我们留心报纸杂志，就会发现自杀已经成为这个社会“家常便饭”的事了。

自杀绝非小事，不只是自绝自戮自己的宝贵生命，也等于刺杀父母亲朋的心灵，因此，每次我看到有自杀的报道，不只为年轻庄严的生命深感痛惜，也为他们的父母悲哀，特别是那些优秀的孩子，不知道自杀前有没有想过父母的容颜？自杀不只是懦弱，简直是冷酷的，使我忍不住想起苏东坡的话：“能自拼者，能杀人也！”

几个月前，朋友带我去探视他自杀未亡的弟弟，他的弟弟因吸食安非他命，从四楼跳下来自杀，结果脊椎折断，下半身瘫痪，整天只能躺在床上，连大小便都不能自理。

这位年轻健壮的青年只有二十岁，已经连累得他的哥哥不敢结婚，年老的父母为了照顾他相继病倒。

他红着眼睛对我说：“林大哥，我真后悔自己以前做的事。现在，我才醒了。”

我因为好友的弟弟说出这句话，内心暗暗感伤悲痛，如果在还没有纵身一跃前就醒了，不知有多好？

现在的年轻人不知珍爱生命、无法忍耐挫折的情况是令人吃惊的。

两年前，我的住家要重新油漆，从报纸上找到一位油漆匠，说明工期十五天，每五天付三分之一的工钱。

油漆匠做了五天，领去第一次的工钱，从此就消失了，我因为家里油漆一半，着急不已，电话打去，没人接听，跑去他家按门铃，也没有人在，连续五天，我焦头烂额，正想再找一个油漆匠。

第六天，油漆匠出现了，我问他："你怎么不见了，也不通知一声？"

他若无其事地说："六天前，我觉得人生无聊，吃了一瓶安眠药自杀，结果没死，睡到今天早上醒来，想到这边工作没做完，就来工作，做完再死也不迟！"

我呆立在那里，不知所措。现在两年过去了，我还时常担心那油漆匠是否还活在世上。

一个社会上，青少年动不动就自杀，那是什么样的社会呀！

日本的医学界把战后一代不能忍受挫折痛苦的青年，称为"玻璃心症候群"，认为是一种需要治疗的疾病。但是，"玻璃心症候群"用什么药可以治疗呢？我想，大概需要更多的爱与考验吧！

社会、环境、学校、家庭可以做的就是重建价值系统，想一想，一个环境中，为了考试，可以牺牲年轻人的生活、健康，不顾他们的成长与快乐，他们如何能看到生命的光明呢？

有许多还没有走上大学的楼梯，就因压力夭折了；有许多上了最好的大学，发现生命竟建立在这么荒诞的基础上，就崩溃了。

透明、脆弱、单薄的玻璃心，学校是火炉、社会是吹管，我们每一位成人都是制造者，冷漠坚硬的价值体系随时碰撞玻璃心，天天都有破碎的声音，这样一想，更感到心痛不已。

私藏茶与私房茶

我有一位卖茶的朋友，他与太太在热闹的街市开了一家大的茶行。

夫妻俩都懂茶、爱茶、喜欢喝茶，他们蒙起眼睛喝茶，几乎可以同时叫出茶的名字。

这当然有点稀奇，更稀奇的是，凡是摆在店里卖的都是次好的茶，最上好的茶是不在店里卖的。

每年在春茶和冬茶盛产的时候，他们夫妻就会到各地的茶山去找茶、品茶、买茶，大部分的茶都是普通的，只有很少的茶是上好的。

运气好的年景，可以找到上百斤上好的茶；运气差的年景，只能有几十斤上好的茶。

普通的茶卖给普通的客人，上好的茶只卖给上好的顾客。

“上好的顾客”并不是有钱的顾客，而是懂茶、爱茶、喜欢喝茶的顾客，因为他的“上好的茶”也不是“最贵的茶”。

这一对茶伉俪，把找回来的好茶，藏在地下室的冰柜里，当老客人来买茶时，就好像情报员在交换情报一般，夫妻两人窃窃私语，讨价还价，谈的并不是价格，而是那个客人值得卖出几斤？

“卖两斤给他好了，剩下的茶不多。”茶太太说。

“他对我们茶行很照顾，我看多给两斤吧！”茶先生说。

“最多最多三斤，另一斤留给我。”茶太太又说。

最后，茶太太从地下室抱出三斤茶，对顾客说：“真对不起，今年只剩下这三斤好茶了。”

与先生拉扯而留下的一斤茶，可能就会藏在衣橱、米缸、花盆，或者是更隐秘的地方。

等到茶先生把地下室的茶卖完了，有朋友上门买茶，先生就开始翻找家里各密室的角落，每次从不可思议的地方找出一斤茶来，就会大叫：“我找到了，我找到了！”

茶太太会又好气又好笑地跑出来：“糟糕！这是我要留着自己喝的，你都找出来卖，卖光了，我就会哈茶哈到死了！”

有一次，我去找茶先生买茶，当年上好的春茶已全部卖光，地下室空空如也，我们费了九牛二虎之力，才在三好米的米包里找到一斤茶。

这回茶先生没有大叫“我找到了”，反而把食指放在唇上，示意我不要出声。两个人好像偷了母亲私房钱的小孩，大气也不敢喘地坐在亭前喝可能不是那一年最好、却一定是最后的一泡春茶。

我们完全沉醉在春茶的芳醇里的时候，母亲回来了。

不是母亲，是茶太太买菜返家，菜篮放着，挥汗如雨，说：“老仔！倒一杯给我。”

茶太太端起茶来，只啜了一口，她脸上的表情完全是抓到孩子偷钱的样子，眼睛直直地瞪视丈夫，长叹一口气：“这是我的最后一斤茶呀！”

茶先生看看我，也叹了一口气：“这辈子品茶，恐怕永远也追不上我太太了！”

那一刻，我非常非常地感动，端起茶来，仿佛是喝着由感动所结成的泪水。这一对隐居在台北东区的寻常夫妻，不仅是茶的伴侣，也是茶的知己，在品茶上，有一般人难以企及的境界。

茶的滋味、禅的滋味、诗的滋味、生活的滋味是等而无差别的，因此，不应该看重这个而忽视那个，对于心灵的更细腻、更柔软、更提升，从哪一个入口进去都是好的。

宇宙之味、佛菩萨之味、凡夫妻之味，原来只是一味，端看品尝的深浅罢了。

如来之心、禅师之心、诗人之心，原来只是一心，只问印证的清浊而矣。

深浅或清浊不假外求，就从眼前的这一味，当下的这一念契入吧！

这些年来我的写作，虽然不像私房茶或私藏茶，只献给少数的人，但我总是深信，知味的人一定能品出我泡出来的好茶。

竖琴与法国号

我喜欢竖琴和法国号的音乐，说来奇特，是先爱上它的样子。

二十几年前的乡下没有什么音乐环境，乡下人知道的音乐大概不离歌仔戏、南北管，或者是一些国台语的老歌，最前进的人也只知道钢琴和小提琴。

我也蛮喜欢钢琴和小提琴音乐，却不喜欢演奏时的样子。拉小提琴的人总是歪着脖子，感觉上不是很轻松自由；弹钢琴的人则是面前一具粗大笨重的大木箱，线条与造型不是很有美感的。

读小学的时候，去看了一场电影，看到一个身穿白袍的少女弹竖琴，琴旁置满了纯白的马蹄兰，那个画面令我为之着迷，那时候也没有听清楚竖琴的声音，但仿佛觉得“演奏音乐就应该像那个样子”，轻柔、舒坦，有一种灵性之美。以后，每看到有竖琴的唱片，就存钱买一张来听，才发现竖琴的声音单纯素朴，好像春天时开放的野百合花，颜色、形状高雅，香气轻淡芬芳。

后来又发现，凡是演奏竖琴的少女都有一种特别的气质，美，以及不凡，给人一种“人琴合一”的觉受。

喜欢法国号则是一个特别的机缘。我读初一时，有一个堂哥是高中的乐队吹奏小喇叭的。他每天在阳台上练习，常吹得脸红脖子粗、青筋暴露。当他吹小喇叭时、家里的人总是落荒而逃，只有我每天做忠实的听众，看一个乡下青年借小喇叭吹出他的叛逆心声。

有一天，堂哥不知从何处买来一把法国号，那卷曲的圆形有一点像园子里的蜗牛。堂哥把法国号倒盖在桌上，每天拿出来一再擦拭，感觉就像是虔诚地供养着某种圣物。他拿起法国号时，眼中充溢的光芒与神采，至今回想起来都令我动容。

堂哥仍然在阳台上吹奏小喇叭，吹完了，他就练习法国号。法国号的声音比小喇叭温柔多了，有着一种和平浪漫的气质，像是草原中呼呼抚过的风声，或是山谷中突然升起的一朵白云，真是美极了。

我听的法国号唱片都是堂哥买的，有时在静夜里，我们一起听法国号，心情都会为之迷荡，然后相对地谈论着日后要一起到台北去闯一番天下，赚到钱则买很多很多最好的唱片来听。

堂哥后来并没有到台北来，留在乡下做消防队员。有一次回到乡下，他的法国号还在，但他说："已经很久很久没有吹过了。"我看那支仍擦得晶亮，被保存完好的法国号挂在壁上，知道堂哥的梦想已经被现实生活所深埋了。

竖琴，可以说充满了女性的妩媚；法国号，则象征了男人的温柔。都是我心中最美丽的乐器，而由乐器的形状竟爱上了那特别的音乐，想起来，人生的因缘真是不可思议，形状与本质之间也有着超越思维的关联呀！

对于音乐我向来都有着一种神秘的、关于创造力的向往，几乎是可以全盘接受的，像意大利的歌剧、希腊的四弦琴、印度的西塔琴、中国的南胡、欧洲的排箫，乃至乡下的唱大戏、非洲的鼓乐都有令人动容之处。摇滚乐、流行歌、乡村歌谣、黑人灵歌也是这样的。

但是说来说去，最喜欢的还是竖琴与法国号，每次在生命的欢喜与悲情中，在悲欣交集之际，听起来，就感觉到应该珍惜人生，因为在生活中我们可以整个感觉、整个心情都融入音乐，实在是一种幸福，而那样幸福的时刻并不太多呀！

晴窗一扇

台湾登山界流传着一个故事，一个又美丽又哀愁的故事。

传说有一位青年登山家，有一次登山的时候，不小心跌落在冰河之中；数十年之后，他的妻子到那一带攀登，偶然在冰河里找到已经被封冻了几十年的丈夫。这位埋在冰天雪地里的青年，还保持着他年轻时代的容颜，而他的妻子因为在尘世里，已经是两鬓飞霜年华老去了。

我第一次听到这个故事时，整个胸腔都震动起来，它是那么简短，那么有力地说出了人处在时间和空间之中，确定是渺小的，有许多机缘巧遇正如同在数十年后相遇在冰河的夫妻。

许多年前，有一部电影叫《失去的地平线》，那里是没有时空的，人们过着无忧无虑的快乐生活。一天，一位青年在登山时迷途了，闯入了失去的地平线，并且在那里爱上一位美丽的少女；少女向往着人间的爱情，青年也急于要带少女回到自已的家乡，两人不顾大家的反对，越过了地平线的谷口，穿过冰雪封冻的大地，历尽千辛万苦才回到人间；不意在青年回头的那一刻，少女已经是满头银发，皱纹满布，风烛残年了。故事便在幽雅的音乐和纯白的雪地中揭开了哀伤的结局。

本来，生活在失去的地平线的这对恋人，他们的爱情是真诚的，也都有创造将来的勇气，他们为什么不能有圆满的结局呢？问题发生在时空，一个处在流动的时空，一个处在不变的时空，在他们相遇的一刹那，时空拉远，就不免跌进了哀伤的迷雾中。

最近，台北在公演白先勇小说《游园惊梦》改编的舞台剧，我少年时代几次读《游园惊梦》，只认为它是一个普通的爱情故事，年岁稍长，重读这篇小说，竟品出浓浓的无可奈何。经过了数十年的改变，它不只是一个年华逝去的妇人对风华万种的少女时代的回忆，而是对时空流转之后人力所不能为的忧伤。时空在不可抗拒的地方流动，到最后竟使得一朝春尽红颜老，花落人亡两不知。

“时间”和“空间”这两道为人生织锦的梭子，它们的穿梭来去竟如此的无情。

在希腊神话里，有一座不死不老的神仙们所居住的山上，山口有一个大的关卡，把守这道关卡的就是“时间之神”，它把时间的流变挡在山外，使得那些神仙可以永葆青春，可以和山和太阳和月亮一样的永恒不朽。

作为凡人的我们，没有神仙一样的运气，每天抬起头来，眼睁睁地看见墙上挂钟滴滴答答走动匆匆的脚步，即使坐在阳台上沉思，也可以看到日升、月落、风过、星辰，从远远的天外流过。有一天，我们偶遇到少年游伴，发现他略有几根白发，而我们的心情也微近中年了。有一天，我们突然发现院子里的紫丁香花开了，可是一趟旅行回来，花瓣却落了满地。有一天，我们看到家前的旧屋被拆了，可是过不了多久，却盖起一栋崭新的大楼。有一天……我们终于察觉，时间的流逝和空间的转移是那样的无情和霸道，完全没有商量的余地。

中国的民间童话里也时常描写这样的情景，有一个人在偶然的机缘下到了天上，或者游了龙宫，十几天以后他回到人间，发现人事全非，手足无措；因为“天上一日，世上一年”，他游玩了十几天，世上已过了十几年，十年的变化有多么大呢？它可以大到你回到故乡，却找不到自家的大门，认不得自己的亲人。贺知章的《回乡偶书》里很能表达这种心情：“少小离家老大回，乡音无改鬓毛衰；儿童相见不相识，笑问客从何处来？”数十年的离乡，甚至可以让主客易势呢！

佛家说“色相是幻，人间无常”，实在是参透了时空的真实，让我们看清一朵蓓蕾很快地盛开，而不久它又要凋落了。

《水浒传》的作者施耐庵在该书的自序里有短短的一段话：“每怪人言，某甲于今若干岁。夫若干者，积而有之之谓。今其岁积在何许？可取而数之否？可见已往之吾，悉已变灭。不宁如是，吾书至此句，此句以前，已疾变灭，是以可痛也。”（我常对别人说“某甲现在若干岁”感到奇怪，若干，是积起来而可以保存的意思，而现在他的岁积存在什么地方呢？可以拿出来数吗？可见以往的我已经完全改变消失，不仅是这样，我写到这一句，这一句以前的时间已经很快改变消失，这是最令人心痛的。）正是道出了一个小说家对时空的哀痛。古来中国的伟大小说，只要我们留心，它讲的几乎全有一个深刻的时空问题，《红

楼梦》的花柳繁华温柔富贵，最后也走到时空的死角；《水浒传》的英雄豪杰重义轻生，最后下场凄凉；《三国演义》的大主题是“天下大势分久必合，合久必分”；《金瓶梅》是色与相的梦幻散灭；《镜花缘》是水中之月，镜中之花；《聊斋志异》是神鬼怪力，全是虚空；《西厢记》是情感的失散流离；《桃花扇》更明显地道出了“眼看他起高楼，眼看他楼塌了”。

我们的文学作品里几乎无一例外的，说出了人处在时空里的渺小，可惜没有人从这个角度深入探讨，否则一定会发现中国民间思想，对时空的递变有很敏感的触觉。西方有一句谚语：“你要永远快乐，只有向痛苦里去找。”正道出了时空和人生的矛盾，我们觉得快乐时，偏不能永远，留恋着不走的，永远是那令人厌烦的东西——这就是在人生边缘上不时作弄我们的时间和空间。

柏拉图写过一首两行的短诗：

> 你看着星么，我的星星？
> 我愿为天空，得以无数的眼看你。

人可以用多么美的句子，多么美的小说来写人生，可惜我们不能是天空，不能是那永恒的星星，只有看着消逝的星星感伤的份。

有许多人回忆过去的快乐，恨不能与旧人重逢，恨不能年华停伫，事实上，却是天涯远隔，是韶光飞逝，即使真有一天与故人相会，心情也像在冰雪封冻的极地，不免被时空的箭射中而哀伤不已吧！日本古代诗人和泉式部有一首有名的短诗：

心里怀念着人，
见了泽上的萤火，
也疑是从自己身体出来的梦游的魂。

我喜欢这首诗的意境，尤其“萤火”一喻，我们怀念的人何尝不是夏夜的萤火忽明忽灭、或者在黑暗的空中一转就远去了，连自己梦游的魂也赶不上，真是对时空无情极深的感伤了。

说到时空无边无尽的无情，它到终极会把一切善恶、美丑、雅俗、正邪、优劣都涤洗干净，再有情的人也丝毫无力挽救。那么，我们是不是就因此而颓丧、优柔不前呢？是不是就坐等着时空的变化呢？

我觉得大可不必，人的生命虽然渺小短暂，但它像一扇晴窗，是由自己小的心眼里来照见大的世界。

一扇晴窗，在面对时空的流变时飞进来春花，就有春花；飘进来萤火，就有萤火；传进秋声，就来了秋声；侵进冬寒，就有冬寒。闯进来情爱就有情爱，刺进来忧伤就有忧伤，一任什么事物到了我们的晴窗，都能让我们更真切地体验生命的滋味。

只是既然是晴窗，就要有进有出，曾拥有的幸福，在失去时，窗还是晴的；曾被打击的重伤，也有能力平复；努力维持着窗的晶明，那些任时空的梭子如百鸟飞翔在眼前乱飞，也能有一种自在的心情，不致心乱神迷。有的人种花是为了图利，有的人种花是为了无聊，我们不要成为这样的人，要真爱花才去种花——只有用“爱”去换“时空”才不吃亏，也只有心如晴窗的人才有真正的爱，更只有爱花的人才能种出最美的花。

古龙的最后境界与愿望

古龙的桌子上摆着一幅昨夜练的字。上面写了两句：

> 陌上发花，可以缓缓醉矣！
> 忍把浮名，换了浅斟低唱。

这幅字的最下方盖了一个古龙自刻的印章，上刻“一笑”两字。古龙说，这个印章很久以前送给另一位武林朋友倪匡，最近突然觉得自己的心境到了“一笑”的境界，才向倪匡要了回来。

“其实，这幅字很能表现我现在的心情转变，过去开怀痛饮是要掩饰内心的空虚，是‘忍把浮名，换作了浅斟低唱’里面有忍才能换；后来不能喝酒了，是看到陌上的花也可以醉了，境界高了一层。现在呢！现在只有一笑，对任何事都一笑置之了。”古龙说。

我站在那幅字前玩味半天，仿佛看到多年老友心情的转变，而，就是一笑，是经过多少大痛苦，才有的大解脱呢？

家中依然满架是酒

去看古龙的那一天，台北正下着极细极细的小雨，天气阴。

看到老友时，心中实在感慨，这个当年一口气可以喝一瓶白兰地的铁铮铮的汉子，现在滴酒不沾，每天靠打点滴过日子，想起来再盖世的英雄都会引人心酸。

依然是满架的酒，瓶上微布着灰尘。

当年我到古龙家，总是走着进去，躺着出来，大醉一天。

依然是满架的酒，架前的吧台冷清。

当年我到古龙家，不论何时总有人坐在吧台放饮高歌。

依然是满架的酒，却没有可口的小菜。

当年在古龙家比酒，总有一些可口的小菜，如今做小菜的女主人早就离去了。

依然是……

古龙不饮酒，我也不饮酒了。

古龙不饮酒是因为浑身是病，一年内吐血吐了三次，喝杯酒成了生死攸关的大事；我不饮酒是因为在这个世界上，大侠凋零的凋零，退隐的退隐，一个人寂寞地喝着酒有什么意思呢？

“其实，我不是很爱喝酒的。”古龙说，“我爱的不是酒的味道，而是喝酒时的朋友，还有喝过了酒的气氛和趣味，这种气氛只有酒才能制造得出来！”

这点我同意，但是过去我们不免喝得太多，古龙一次喝最多是喝了多少酒呢？

“我喝得最多的一次，是一夜里喝了二十八瓶白兰地，但不是我一个人喝，是五个人一起。”那么是一个人喝了五瓶半，对与古龙相熟的朋友来说，这不是大数目，他过去每天平均喝两瓶。

最奇怪的是，这样纵酒二十年的人竟没有酒精中毒，古龙说：“医生觉得是奇迹，因为我脑子还这么清醒，手也不抖。”

对于酒，古龙的谈兴仍然很浓，他说：“想到酒，就想到过去一起喝酒的朋友。”

后悔吗?

古龙一笑。

他的心被砍了一刀

这一笑的含义很深，因为再豪放的大侠，在生死边缘上滚了几趟，即使笑一笑都是复杂的。

几年前，他在吟松阁被砍了一刀，腕上鲜血，如泉喷涌，一个人身上有二千八百毫升的血，他竟喷掉了二千毫升，躺着的时候，听到医生说：“可能没救了，我们尽力试试。”

不久后，他的心里被砍了一刀，妻子带着小孩离开，古龙如同死过一回，他说：“每天好不容易回到家里，总是转身又出去。每天做的只有一件事：喝酒！”

无酒竟已不能成眠，喝完酒还要吃镇静剂才能睡着，醒来时要吃兴奋剂才能清醒。古龙平日就以酒代饭，有很长的时间，他每天吃得最多的是酒、镇静剂、兴奋剂！

然后，是肝硬化，是脾脏肿大，是胃出血，第一回住院就吐了两脸盆的血。出院三个月，以为没事了，再喝，再住院，推进医院时医生量血压，高血压只有八，古龙看到医生摇头说：“没救了，推到别家去看！”再出院四个月，忍不住又喝，又住院的时候，一口血吐出来竟把整张床满满地染红了，护士都被吓得跑出去，后来医生对他说：“没看过人一口气吐出像你这么多的血！”

经过这三次，古龙才真正连一滴酒也不敢喝了，他说这几年，不只是身体，连心情都是在生死边缘上挣扎，“一个人死了五次再活过来，还有什么事看不开呢？”

只不过真正不喝酒的时候，倒使古龙吃了一惊，原来一天有这么长！

过去除了睡觉，他大部分时间都在喝酒，每天有十二小时泡在酒里，不喝酒的时候，他说：“好像一天多出了十二小时，长得不得了！”

十二小时做什么呢？

还是回到武侠的世界来吧！好久没有认真地写小说了。

他想要一个全新的开始，创造一个新的武侠世界。

计划写一系列短篇

“我计划写一系列的短篇，总题叫做‘大武侠时代’，我选择以明朝做背景，写那个时代里许多动人的武侠篇章，每一篇都可以独立来看，却互相间都有关连，独立地看，是短篇；合起来看，是长篇，在武侠小说里这是个新的写作方法。”

之所以想到这种改变，一来是自己的体力也无法熬着写长篇；二来是时代变了，现代人的生活已经没有人有耐心看连载的长篇。

“以前写连载，有时写到八百多天才登完一个故事，写的人有稿费可拿都很烦了，何况是看的人呢？武侠小说不得不变，短篇可能是一条路，它可以更讲结构、更干净、更利落。”

最近读古龙的短篇，发现他的境界和层次比以前更高，文字的使用也更淳了，去除了几年前的那种烟火气。

古龙觉得他是刻意使文字平淡单纯一点，他说：“我十七岁开始做职业作家，到现在三十年了，什么文字不会耍呢？但是三十年了还在耍文字有什么意思呢？文字技巧还是有的，只是炉火更纯青了。”

而且，他强调现在比较走写实的路线，古龙是外文系出身的，他受到西方写实技巧的影响，尤其在病后读了不少西方小说，使他改变了武侠小说的观念，他说：“过去写武侠都是凭空捏造，一出剑，剑还没有看清楚就死了几个人，身形一拔，就是几十丈，现在我把这些不要了，尽量写一些人力可及的事物，不要花招，注意气氛的酝酿营造，讲求结构的一气呵成，合乎武侠的精神境界，同时又落实到写实的世界。”

喜欢古龙小说的人，最近看他的小说，应该都发现了自从金庸与倪匡入侵后，这个台湾仅存的武侠小说的大家，是如何在寻求新的突破！

两袖一挥，清风明月；
仰天一笑，快意平生；
布履一双，山河踏遍；
心有明珠，山河明媚。

古龙已经陆续完成了几篇小说，他感慨地说："我希望至少能再活五年的时间，让我把'大武侠时代'写完，我相信这会是提升武侠小说地位的作品，也会是我的代表作之一。"

像最近他为时报周刊写的《猎鹰》和《群狐》就是他自己颇为满意的作品。

酒色财气都戒掉了

古龙不喝酒的生活是十分平淡而安静的。

他每天五点半起床，看过早报，再喝杯牛奶，吃几片饼干，休息一下，构思正在写的小说。

八点开始写作，一直到十二点，工作四个小时。

中午到外面吃个饭，散步一个半小时。

下午静养或读书，偶有朋友来聊天。

晚上练毛笔字。

看这份时间表，简直不像古龙，像是一个和尚，古龙说："我现在的生活与和尚没有两样，酒色财气、吃喝嫖赌、声色犬马，这些我过去最喜欢的东西，现在都戒掉了，现在连脾气都不发，你信不信！闲来无事，读读禅宗的书，看一点佛经，这不就是和尚的生活吗？"

据古龙说，他回到这样单纯宁静的生活，反而找到真正心灵的平安，即使在寂寞的时候，也感觉是充实的。尤其是脑筋清晰明了，可以写出真正有代表性的，好的武侠作品。像这几天，离散了卅年的父亲登报来找儿子，他也能淡然处之 。他说："我自己也离过婚，深知破碎的婚姻都有苦衷，经验婚姻的失败，每个人都会痛苦。那么做儿子的，有什么资格对上一代人的婚姻提出看法或评论呢？”

古龙形容自己遇到这件事的心情，就像走在路上，空中突然落下一个花盆打在你头上，你有什么选择呢？你只能说幸好掉下来的是陶盆，不是铁盆，甚至，幸好是花盆，而不是个起重机。

“要是以前遇到这样的事，一定激动不已，喝几天几夜的酒，几天几夜睡不着觉，哪里还能静静地坐在这里聊天呢？”

对于自己心境的改变，古龙言下颇有欣慰之意，“一笑”不只是他现在的心情，也几乎是他现在的人生态度。

他最感慨的是：“有这么高的心情境界，有这么深刻的彻悟，唯一遗憾的是失去了健康。”

其实，古龙虽比旧日清瘦，精神还是很健旺，笑起来仍然是声震屋瓦，有当年的气概和豪情，凭这股气，“大武侠时代”应该可以写得相当精彩的。

告辞的时候，我破了两年来的例，喝干了一大杯伏特加才走，离开的时候我紧紧握着他的手说：“龙哥，保重！”

记得以前我告辞的时候，说的总是：“过两天，再来喝酒。”

天母的黄昏不如从前那么美了，走在路上，突然想起柳永《鹤冲天》的整个后段来：

未遂风云便，争不恣游狂荡。

何须论得丧。

才子词人，自是白衣卿相。

烟花巷陌，依约丹青屏障。

幸有意中人，堪寻访。

且恁偎红倚翠，风流事，平生畅。

青春都一饷。

忍把浮名，换了浅斟低唱。

怀君与怀珠

在清冷的秋天夜里，我穿过山中的麻竹林，偶尔抬头看见了金黄色的星星，一首韦应物的短诗从我的心头流过：

怀君属秋夜，
散步咏凉天。
空山松子落，
幽人应未眠。

我很为这瞬间浮起的诗句而感到一丝震动，因为我到竹林并不是为了散步，而是到一间寺院的后山玩，不觉间天色就晚了（秋天的夜有时来得出奇的早），我就赶着回家的路，步履是有点匆忙的。并且，四周也没有幽静到能听见松子的落声，根本是没有一株松树的耳朵里所听见的是秋风飒飒的竹叶（夜里有风的竹林还不断发出伊伊歪歪的声音），为什么这一首诗会这样自然地从心田里开了出来？

也许是我走得太急切了，心境突然陷于空茫，少年时期特别钟爱的诗就映出来了。

我想起了上一次这首诗流出心田的时空，那是前年秋天我到金门去，夜里住在招待所里，庭院外种了许多松树，金门的松树到秋冬之际会结出许多硕大的松子。那一天，我洗了热乎乎的澡，正坐在窗前擦拭湿了的发，忽然听见院子里传来哔哔剥剥的声音，我披衣走到庭中，发现原来是松子落地的声音，“呀！原来松子落下的声音是如此的巨大！”我心里轻轻地惊叹着。

捡起了松子捧在手上，韦应物的诗就跑出来了。

于是，我真的在院子里独自地散步，虽然不在空山，却想起了从前的、远方的朋友，那些朋友有许多已经多年不见了，有一些也失去了消息，可是在那一刻仿佛全在时光里会聚。一张张脸孔，清晰而明亮。我的少年时代是极平凡的，几乎没有什么可歌可泣的事迹，但是在静夜里想到曾经一起成长的朋友，却觉得生活是可歌可泣的。

我们在人生里，随着岁月的流逝而感觉到自己的成长（其实是一种老去），会发现每一个阶段都拥有了不同的朋友，友谊虽不至于散失，聚散却随因缘流转，常常转到我们一回首感到惊心的地步。比较可悲的是，那些特别相知的朋友往往远在天际，泛泛之交却在眼前，因此，生活里经常令我们陷入一种人生寂寥的境地。“会者必离”，“当门相送”，真能令人感受到朋友的可贵，朋友不在身边的时候，感觉到能相与共话的，只有手里的松子，或者只有林中正在落下的松子！

在金门散步的秋夜，我还想到《菜根谭》里的几句话：“风来疏竹，风过而竹不留声；雁渡寒潭，雁去而潭不留影。故君子事来而心始现，事去而心随空。”朋友的相聚，情侣的和合，有时心境正是如此，好像风吹过了竹林，互相有了声音的震颤，又仿佛雁子飞过静止的潭面，互相有了影子的照映，但是当风吹过，雁子飞离，声音与影子并不会留下来。可惜我们做不到那么清明一如君子，可以“事来而心始现，事去而心随空”，却留下了满怀的惆怅、思念，与惘然。

平凡人总有平凡人的悲哀，这种悲哀乃是寸缕缠绵，在撕裂的地方、分离的处所，留下了丝丝的穗子。不过，平凡人也有平凡人的欢喜，这种能感受到风的声音与雁的影子，在吹过之后，还能记住一些椎心的怀念与无声的誓言。悲哀如橄榄，甘甜后总有涩味；欢喜则如梅子，酸甜里总有回味。

那远去的记忆是自己，现在面对的还是自己，将来不得不生活的也是自己，为什么在自己里还有另一个自己呢？站在时空之流的我，是白马还是芦花？是银碗或者是雪呢？

我感觉怀抱着怀念生活的人，有时候像白马走入了芦花的林子，是白茫茫的一片；有时候又像银碗里盛着新落的雪片，里外都晶莹剔透。

在想起往事的时候，我常惭愧于做不到佛家的境界，能对境而心不起，我时常有的是对于逝去的时空有一些残存的爱与留恋，那种心情是很难言说的，就好像我会珍惜不小心碰破口的茶杯，或者留下那些笔尖磨平的钢笔；明知道茶杯与钢笔都已经不能用了，也无法追回它们如新的样子。但因为这只茶杯曾在无数的冬夜里带来了清香和温暖，而那支钢笔则陪伴我度过许多思想

我是一株百合，不是一株野草。
惟一能证明我是百合的方法，就是开出美丽的花朵。

的险峰，记录了许多过往的历史，我不舍得丢弃它们。

人也是一样的，对那些曾经有恩于我的人，那些曾经爱过我的朋友，或者那些曾经在一次偶然的会面启发过我的人，甚至那些曾践踏我的情感，背弃我的友谊的人，我都有一种不忘的本能。有时不免会痛苦地想，把这一切都忘得一干二净吧！让我每天都有全新的自己！可是又觉得人生的一切如果都被我们忘却，包括一切的忧欢，那么生活里还有什么情趣呢？

我就不断地在这种自省之中，超越出来，又沦陷进去，好像在野地无人的草原放着风筝，风筝以竹骨隔成两半，一半写着生命的喜乐，一半写着生活的忧恼，手里拉着丝线，飞高则一起飞高，飘落就同时飘落，拉着线的手时松时紧，虽然渐去渐远，牵挂还是在手里。

但，在深处里的疼痛，还不是那些生命中一站一站的欢喜或悲愁，而是感觉在举世滔滔中，真正懂得情感，知道无私付出的人，是愈来愈少见了。我走在竹林里听见飒飒的风声，心里却浮起“空山松子落，幽人应未眠”的句子正是这样的心情。

韦应物寄给朋友的这首诗，我感受最深的是“怀君”与“幽人”两词，怀君不只是思念，而有一种置之怀袖的情致，是温暖、明朗、平静的，当我们想起一位朋友，能感到有如怀袖般贴心，这才是“怀君”！而幽人呢？是清雅、温和、细腻的人，这样的朋友一生里遇不到几个，所以特别能令人在秋夜里动容。

朋友的情义是难以表明的，它在某些质地上比男女的爱情还要细致，若说爱情是彩陶，朋友则是白瓷，在黑暗中，白瓷能现出它那晶明的颜色，而在有光的时候，白瓷则有玉的温润，还有水晶的光泽。君不见在古董市场里，那些没有瑕疵的白瓷，是多么的名贵呀！

当然，朋友总有人的缺点，我的哲学是，如果要交这个朋友，就要包容一切的缺点，这样，才不会互相折磨、相互受伤。

包容朋友就有如贝壳包容珍珠一样，珍珠虽然宝贵而明亮，但它是有可能使贝舌受伤的，贝壳要不受伤只有两个法子，一是把珍珠磨圆，呈现出其最温润光芒的一面；一面是使自己的血肉更柔软，才能包容那怀里外来的珍珠。前者是帮助朋友，使他成为“幽人”，后者是打开心胸，使自己常能“怀君”。

我们在混乱的世界希望能活得有味，并不在于能断除一切或善或恶的因缘，而要学习怀珠的贝壳，要有足够广大的胸怀来包容，还要有足够柔软的风格来承受！

但愿我们的父母、儿女、伴侣、朋友都成为我们怀中的明珠，甚至那些曾经见过一面的、偶尔擦身而过的、有缘无缘的人都成为我怀中的明珠，在白日、在黑夜都能散发互相映照的光芒。

月到天心

二十多年前的乡下没有路灯，夜里穿过田野要回到家里，差不多是摸黑的，平常时日，都是借着微明的天光，摸索着回家。

偶尔有星星，就亮了很多，感觉到心里也有星星的光明。

如果是有月亮的时候，心里就整个沉淀下来，丝毫没有了黑夜的恐惧。在南台湾，尤其是夏夜，月亮的光格外有辉煌的光明，能使整条山路都清清楚楚地延展出来。

乡下的月光是很难形容的，它不像太阳的投影是从外面来，它的光明犹如从草树、从街路、从花叶，乃至从屋檐下、墙垣内部微微地渗出，有时会误以为万事万物的本身有着自在的光明。假如夜深有雾，到处都弥漫着清气，当萤火虫成群飞过，仿佛是月光所掉落出来的精灵。

每一种月光下的事物都有了光明，真是好！

更好的是，在月光底下，我们也觉得自己心里有着月亮、有着光明，那光明虽不如阳光温暖，却是清凉的，从头顶的发到脚尖的指甲都感受月的清凉。

走一段路，抬起头来，月亮总是跟着我们，照着我们。在童年的岁月里，我们心目中的月亮有一种亲切的生命，就如同有人提灯为我们引路一样。我们在路上，月在路上；我们在山顶，月在山顶；我们在江边，月在江中；我们回到家里，月正好在家屋门前。

直到如今，童年看月的景象，以及月光下的乡村都还历历如绘。但对于月之随人却带着一丝迷思，月亮永远跟随我们，到底是错觉还是真实的呢？可以说它既是错觉，也是真实。由于我们知道月亮只有一个，人人却都认为月亮跟随自己，这是错觉；但当月亮伴随我们时，我们感觉到月是唯一的，只为我照耀，这是真实。

长大以后才知道，真正的事实是，每一个人心中有一片月，它是独一无二、光明湛然的，当月亮照耀我们时，它反映着月光，感觉天上的月也是心中的月。在这个世界上 ，每个人心里都有月亮埋藏，只是自己不知罢了。只有极少数的人，在最黑暗的时刻，仍然放散月的光明，那是知觉到自己就是月亮的人。

这是为什么禅宗把直指人心称为“指月”，指着天上的月教人看，见了月就应忘指；教化人心里都有月的光明，光明显现时就应舍弃教化。无非是标明了人心之月与天边之月是相应的、含容的，所以才说“千江有水千江月，万里无云万里天”，即使江水千条，条条里都有一轮明月。从前读过许多诵月的诗，有一些颇能说出“心中之月”的境界，例如王阳明的《蔽月山房》：

山近月远觉月小，便道此山大于月。
若人有眼大如天，当见山高月更阔。

确实，如果我们能把心眼放开到天一样大，月不就在其中吗？只是一般人心眼小，看起来山就大于月亮了。还有一首是宋朝理学家邵雍写的《清夜吟》：

月到天心处，风来水面时。
一般清意味，料得少人知。

月到天心、风来水面，都有着清凉明净的意味，只有微细的心情才能体会，一般人是不能知道的。

我们看月，如果只看到天上之月，没有见到心灵之月，则月亮只是极短暂的偶遇，哪里谈得上什么永恒之美呢？

所以回到自己，让自己光明吧！

第二卷

生命的馅

快乐地活在当下

报社的记者来访问，突然问起："林先生有什么座右铭呢？"

我的座右铭，通常用3M的便条纸写一些当日的注意事项，于是撕几张下来给记者小姐看：

"出去时，别忘了买苜蓿芽。"

"欠讲义的稿件，今日写。"

"缴房屋贷款。"

"帮亮言买毛笔。"

我说："你看，我有这么多的座右铭。"

记者笑起来："林先生真爱开玩笑，我是说真正的座右铭。"

"什么是真正的座右铭呢？"

"就是刻在心里，时时用来规范和激励自己的一句话。"

这倒使我陷入困境了，因为我并没有一个真正的座右铭，如果勉强说有，就是我时常拿来实践的一句话："快乐地活在当下。"

"活在当下"是禅宗的语言，是说人应该放下过去的烦恼、舍弃未来的忧思，把全副的精神力用来承担眼前的这一刻。失去此刻就没有下一刻，不能珍惜今生也就无法向往来生了。

"活在当下"也就是"快乐来临的时候就享受快乐，痛苦来临的时候就迎向痛苦”，在黑暗与光明中，既不回避，也不逃离，以淡然自然的态度来面对人生。

我把“活在当下”加了“快乐地活在当下”，是除了承担之外，希望有期许、有愿望、有好的心情，不只坦然和自然，还希望能扭转此时此刻的生活，使自己永葆喜悦之心。

这可以说是我的座右铭，因此欠的稿件，要欢喜地写；缴房屋贷款，要欣然地缴；苜蓿芽和毛笔，都要高兴地去买。

我的桌边依然贴着许多条子，只有“快乐地活在当下”不用张贴于座右，因为那正是我生命的态度。

思想的天鹅

有时候我在想，人的思想究竟像什么呢？有没有一种具象的事物可以来形容我们的思想？

偶尔，我觉得思想像彩色的蝴蝶，在花园中采蜜，但不取其味，不损色香，而这蝴蝶不能在我们预设的花园中飞翔，它随风翻转，停在一些我们不能考察的花丛中，甚至让我们觉得，那蝴蝶停下来时犹如一枝花。

偶尔，我觉得思想犹如海洋，广大与深度都不可探测，在它涌动的时候，或者平缓如波浪，或者飞溅如海啸，或者反映蓝天与星光，只是，思想在某些时候会有莫名的力量，像是鱼汛或暖流、黑潮从不知名的北方来到，那可能就是被称为“灵感”的东西。

偶尔，我觉得思想像是《诗经》中说的“鸢飞戾天，鱼跃于渊”的鸢或是鱼，上及飞鸟下至渊鱼，无不充满了生命力。鸢鸟的眼睛是最锐利的，可以在一千公尺以上的高空，看见茂盛草原中奔跑的一只小鼠；鱼的眼睛则永远不闭，那是由于海中充满凶险，要随时改变位置。

不过，蝴蝶的翅力太弱，生命也太短暂；而海洋则过于博大，不能主宰；鸢呢？鸢太过强猛，欠缺温柔的性质；鱼则过于惊慌，因本能而生活。

如果愿意给思想一个形象，我愿自己的思想像天鹅一样。天鹅的古名叫鹄，是吉祥的鸟，是“燕雀安知鸿鹄之志”中的那种两翼张开有六尺长的大鸟，它生长于酷寒的北方，能顺着一定的轨迹，越过高山大河到达南方的温暖之地。它既善于飞翔，又能安于环境，不致过分执着……天鹅有许多好的品性，它的耐力、毅力与气质，都是令人倾倒的。芭蕾舞剧《天鹅湖》中，对情感至死不渝的天鹅，不知道令多少人为之动容。

我愿意自己的思想浩大如天鹅之越过长空，在动荡迁徙的道路上，不失去温和与优雅的气质。更要紧的是，天鹅是易于驯养的，使我不至于被思想牵动，而能主引自己的思想，让它在水草丰美的湖滨自在优游。

据说，驯养天鹅有两种方法，一种是把天鹅的一边翅膀修剪，使它失去平衡不能起飞，它就会安住于湖边。另一种方法是，把天鹅养在一个较小的池塘里，由于天鹅的起飞，必须先在水中滑翔一段路途，才能凌空而去，若池塘太小，它滑翔的路程太短就不能起飞了。从前，欧洲的动物园用前一种方法驯养天鹅，后来觉得残忍，并且展翅的时候丑陋，所以现在都用后面的方法。

驯养思想的天鹅似乎不必如此，只要确立一个水草丰美的湖泊作为天鹅的家乡，让它既保有平衡的双翼（智慧与悲悯），也让它有广大的湖泊（清白的自信），然后就放心地让它展翅翱翔吧！只要我们知道天鹅是季候之鸟，不论它飞到哪里，它在心灵中永远不会忘记自己的家乡。经过数万里时空，在千百劫里流浪，有一天，它就会飞回它的家乡。

传说从前科举时节，凡是到京城应试的士子都要穿“鹄袍”，译成白话就是要穿“天鹅服”，执事的人只要看见穿白袍的人就会肃然起敬，因为那些穿着白衣的年轻孩子，将来会有许多位至公卿，是不可轻视的。佛教把居士称为“白衣”，称为“素”，也是这个意思。

思想的天鹅也像是身穿白袍的士子，纯洁、青春、充满了对将来的热望，在起飞的那一刻不能轻视，因为它会万里翱翔，主宰人的一生。

在我的清明之湖泊，有一只时常起飞的天鹅，我看它凌空而去，用敏锐的眼睛看着世界，心里充满对生命探索的无限热诚。我让那只天鹅起飞，心里一点不操心，因为我知道，天鹅有一个家乡，它的远途旅行只是偶然的栖息，它总会飞回来，并以一种优雅温柔的姿势，在湖中降落。

草先萌

垦地播种的人都有一个经验，花未发而草先萌，禾未绿而草已青。

那草是不是从空中来的呢?

不是凭空有草，而是草的种子先在土地里，垦地时它就长了，播种时它已冒出头来。

同样的，一个人垦殖心田，常是草先萌长，那是人的心田早有障蔽，这时要努力除草，勿令恶念蔓延，花才有开的机会。

大佛的避雷针

我带孩子到南部乡下去玩，顺道参访南台湾的寺庙，才发现台湾的大佛愈来愈多，而且好像在比高一样，十几层楼高的大佛到处都是。有一些很小的寺庙前面也盖了大佛，在视觉上造成一种荒谬之感。

有一天，我带孩子去参观一座刚落成不久的大佛，有十层楼那么高。

孩子突然指着大佛像说："爸爸，大佛的头上有避雷针。"

"是吗？"我顺着孩子的手势往上看去，由于大佛太高了，竟使我的帽子落下来。

孩子问我："大佛的头上为什么要装避雷针呢？"

我说："因为大佛也怕被雷打中呀！"

孩子说："佛为什么怕被雷打中？在天上，是不是雷公最大呢？"

孩子的话使我无法回答而陷入沉思，我们千里迢迢跑来礼拜的佛像，祈求能保佑我们平安的佛像，自己也怕被雷打中哩！佛像既不能保佑自身的安危，又怎么能保佑我们这些比佛像更脆弱的肉身呢？

我想到，苏东坡有一次和佛印禅师到一座寺庙，看见观世音菩萨的身上戴着念珠，苏东坡不禁起了疑情，问佛印禅师说：

“观世音菩萨自己已经是佛了，为什么还戴念珠，她是在念谁呢？”

佛印说：“她在念观世音菩萨的名字。”

苏东坡又问：“她自己不就是观世音菩萨吗？”

佛印禅师说：“求人不如求己呀！”

看着眼前大佛像头上的避雷针，大概也像观世音菩萨手里的念珠一样，是在启示我们：“求人不如求己呀！”

人因为蒙蔽了自己的佛心，很多人就把佛像当成避雷针；人如果开启了自己的佛心，就不需要避雷针，也不需要佛像了。

佛像需要避雷针，是由于佛像太巨大了。

人需要避雷针，是由于自我与贪婪太巨大了。

我们把佛像盖得很巨大，那是源于我们渴望巨大、不屑于向渺小的事物礼敬。很少人知道渺小其实是好的，唯有自觉渺小的人，才能见及世界如此开阔而广大。

把佛像盖得很大很大，那是“出神”的境界。

知道佛是无所不在。无处不在的，那是“入化”的境界。

权势、名位、财富很大很大，那是“出神”。掌大权、有名位、大富有的人还能自觉很渺小，那是“入化”。

佛像不必盖得太大，因为心中有佛，佛就是无所不在、无时不在的。如果心中无佛，巨大的佛像与摩天大楼又有什么不同呢？

平凡普通的老百姓一旦心中有佛，胸怀无限宽广，心中无挂碍、无恐怖，远离颠倒梦想，则尘世的权势名利又怎能成为他的欲，拘限他的自由呢?

位高权重的公卿王侯一旦心中无佛，心怀狭小，欲望永无终极，名利权位正好成为围困他的砖墙，又何乐之有?

因此，佛像把避雷针装在头上，人应该把避雷针装在心中，时刻避免被利益与权力的引诱击中。只要能自甘于平凡、安心于平淡的生活、在平常日子里也有生的意趣，那避雷的银针就已经装上了。

乐受的心

教孩子写“爱”字，孩子为了那复杂的笔画而头痛。

我说：“很简单呀！爱就是一个‘心’加一个‘受’，当我们把心放在感受中间就是爱了。”

“反过来说，那个‘恨’字，就是心里有一道伤痕。”

孩子终于学会了写“爱”字。

孩子睡了以后，我坐在书房里，想到心与感受如何来造就一个爱，应该就是“乐受的心”吧！一个人如果能“欢喜受，甘愿做”，到处都会有爱的心。

在顺境里能乐受，那是普通的爱；在逆境的时候还能乐受，才是真正深沉的爱。

有了真正深沉的爱，才能像蜂蜜一样，中边皆甜，从最广大到最细腻都能欢喜地爱，不留一点污染、执着与怨恨。

时间道场

一分钟很短，但是，一分钟比五十九秒还长，比一秒钟更长很多，所以，要珍惜每一分钟。

佛经里最短的时间是一刹那，等于七十五分之一秒。一念里有九十刹那，一刹那有九百生灭，因此连刹那也是无限。

佛经里最长的时间叫“阿僧祇”，是不可计算、无量数的意思，据称一阿僧祇有一千万万万万万万万万兆年，可是又说：“一念遍满无量阿僧祇劫”，因此长短并没有分别。

一弹指，也是佛经的用语，一弹指有六十五刹那，有的经说一弹指有九百六十生死，有的经说一弹指之间心念转动九百六十次。还有说二十念为一瞬，二十瞬为一弹指。又有说，四百念为一弹指，一万二千弹指是一昼夜。并不是佛经不统一，而是时间是相对的概念，不是绝对的。

有的人一分钟当于千百世用，有的人千百世轮回生死业海茫茫，不及别人的一弹指顷。

一寸时光，就是一寸命光，每一眨眼，命光就流逝了。因此，注意当下，就是珍惜永恒的生命。

在思想与思想之间，时间一定留有空隙，只要进入那空间，有觉察的力，时间就等于智慧。

不要期待永恒的理想，若能安住在此刻的时间上，此刻就是净土，就是永恒的理想。

“万法归一，一归何处？”其实，一就展现了万法，就像一秒钟不能从一万年抽出，一万年则是由一秒组成。

年龄不能作为智慧的依据，因为每个人都是宇宙的老人。上帝未生之前，我就存在了，这是宇宙的真实。

有理想、有壮怀的人不因时间消逝而颓唐，而是到死的瞬间还保持着向前的心。

我喜欢两副对联：

世事如棋局，不着者便是高手；

一身似瓦瓮，打破了才见真空。

两个空拳握古今，握住也须放手；

一枝金笏担朝政，担起也要歇肩。

——真是道尽了人与时间赛跑的关系，人不能与时间赛跑，但人可以包容时间、善待时间。

极大之处，有极小存在；极近之处，有极远存在；极恶之处，一定也有佛存在。

时间是空，但它创造了无限的有；时间是不可捉摸的，却制造许多可捉之物；时间的空与不空是同一质、同一味。

“万法是真如，由不变故；真如是万法，由随缘故。”时间从未变过，因为钟表、日夜都不是时间；但时间也从未住留，因为整个宇宙都是时间的痕迹，时间的道场，在为我们说缘起的法、生灭的法。

敏感的妖怪

从前，在一个很深的山上，住着一位名字叫“敏感”的妖怪，这只叫“敏感”的妖怪很敏感，可以事先知道人们心中的想法。

有一天，一位樵夫上山砍柴，遇见了“敏感”，心里想应该抓住这只妖怪，来拯救世人，因为事先知道别人的想法实在太可怕了，它将使夫妻反目、朋友成仇、天下不太平。

在樵夫还没有动手之前，“敏感”已经知道了，他问樵夫说：“你是不是想抓我？”

樵夫没有料到自己的想法被识破，恼羞成怒，心想干脆把这只“敏感”的妖怪杀了。

当樵夫正想举起斧头的时候，“敏感”大叫起来：“哎呀！没想到你的心这么恶毒，竟然想杀死我。但是，无论你心里想什么，我都能预先知道，所以，你杀不了我，也抓不到我。”

樵夫无计可施，只好把抓妖怪、杀妖怪的想法暂时放下，继续砍柴，“敏感”知道樵夫拿自己没办法，就坐在一旁嘲笑樵夫。

樵夫为了对付“敏感”的奚落，只好更专心一意、心无旁骛地砍柴，由于过度专心，斧头的柄松了，樵夫也没发觉。

当樵夫再度挥动斧头的时候，斧头的刃飞了出去，正好打中“敏感”的头，原来在一旁洋洋得意的妖怪“敏感”，当场毙命。

这个寓言是在说唯有无心，才能对治藏在内心敏感的妖怪，回此心安的境界，也只有专心一志的人才能达到。

在生活里，我也是这样，我只是专心无心地工作，那些挫折、敏感、不顺心的念头与情绪，即使在一旁跳跃，也很快就消弭了。

情困与物困

我的一个朋友，爱玉成痴。

他不管在何时何地见到一块好玉，总是想尽一切办法据为己有，偏偏他又不是很富有的人，因此在收藏玉的过程中，吃了许多苦头，有时到了节衣缩食、三餐不继的地步。

有一回，他在一个古董商那里见到了一个白玉狮子，据说是汉朝的，不论玉质，雕工全是第一流的。我的朋友爱不忍释，工作也不太做了，每天都跑去看那块玉，看到眼睛都发出了红火，人被一团火炙热地燃烧。

他要买那块玉，古董店的老板却不卖，几经折腾，最后，我的朋友牺牲了他所居住的房子，才买下了那个白玉狮子，租住在一个廉价的住宅区内。

他天天抱着白玉狮子睡觉，出门时也携带着，一遇到人就拿出来欣赏，自己单独的时候，也常常抚摸那座洁白的狮子发呆。除了这座狮子，他身上总随时携带着他最心爱的收藏，有时候感觉到一个男子，从口袋里，腰带间，皮包内随时掏出几块玉来，真是不可思议的事。

他玩玉到了疯狂的地步，由于愈玩愈精，就更发现好玉之难求，因为好玉难求，所以投入了全部的当家，幸好他是个单身汉，否则连老婆也会被他当了。到最后，他房子也卖了，车子也没有了，工作也丢了，为什么丢掉工作呢？说来简单：“我要工作三年，才能买一件上好的玉，这样工作不做也罢了。”

朋友成为家徒四壁的人，每天陪伴他的只有玉了。后来不成了，因为玉不能吃，不能穿，只好把最心爱的玉里等级比较差的卖给别人，每卖一件就落一次泪，说：“我买的时候是几倍的价钱，出价这么便宜让给别人，别人还嫌贵。”

有一次，他租房子的房东逼着要房租，逼得急了，他一时也找不到钱，就把白玉狮子拿了出来，说：“这块玉非常名贵，先押在你这里，等我筹足了房钱，再把它赎回来。”可惜他的房东是个老粗，对他说：“俺要这臭石头干什么！万一不小心打破了，还嫌烦呢！你明天找房钱来，不然我把你丢出去！”

朋友对我讲这个故事的时候，泣不成声。在痴爱者眼中的白玉狮子是无可比拟的，可以用房子去换取，然而在平常百姓的眼中，它再名贵，也只是一块石头。

有一次我在故宫博物院看玉的展览，正好遇到了乡下的一个旅行团，几个乡下的欧巴桑看玉看得饶有兴趣，我凑过去，发现他们正围着那个最有名的国宝“翠玉白菜”观看，以下是他们对话的传真：

“哇！真巧，雕的和真的一模一样，上面还有一只肚猴呢！”

“这个刻得那么像，一个大概是值好几千块吧！”

一位看起来是权威人士的欧巴桑说："你嘛好了，不识字又兼不卫生，什么好几千，这一个一定要好几万才买得到！"

我把这个故事说给朋友听，他因此破涕为笑，我说："你看故宫博物院的好玉何止千万块，尤其是小品珍玩的部分，看起来就知道曾有一位爱玉的人在上面花下无数的心血，可是他死的时候不能带走一块玉，我们现在看那些玉也不知道它曾经有过多少主人，对于玉，能够欣赏的人就算拥有了，何必一定要抱在手里呢？佛经里说'智者金石同一观'就是这个道理。"

"爱玉固然是最清雅的嗜好，但一个人爱玉成痴，和玩股票不能自拔，和沉迷于逸乐又有什么不同呢？"

朋友后来彻底地觉悟，仍然喜欢着玉，却不再被玉所困，只是有时他拿出随身的几块玉还会感慨起来。

物固然是足以困人，情更比物要厉害百倍。对于情的执迷，为情所困，就叫"痴"，痴是人世间的三毒之一（另外两毒是贪与嗔），情困到了深处，则是三毒俱现，先是痴迷，而后贪爱，最后是嗔恨以终。则情困是一切烦恼的根源，没有比这个更厉害了。

被情爱所系缚，被情爱所萦结，被情爱所迷惑，被情爱所执染，几乎是人间不可避免的，但当情爱已经消失的时候，自己还系缚萦结自己，自己还迷惑执着自己，这就是真正的情困。

有一次我遇到一位中年妇女，她的朋友都已经儿女成群，可是她没有结婚，没有结婚的理由很简单，因为她忘不了二十年前的一段初恋。

她的初恋有什么不凡吗？为何她不能忘却？其实也没有，只是一个少男一个少女在学校里互相认识了，发誓要长相厮守，最后这个男的离开了，少女独自过着孤单的心灵生活，一过就是二十年。

这么普通的故事，她也说得眼泪涟涟，接着她说："不过，这也都是过去的事了。"

我说："在时间上，你的故事已经过去了，实际上一点也没有过去，因为你的心灵还被困居在里面。到什么时候才算过去呢？

就是你想起来的时候，充满了包容和宽谅，并且不为它所烦恼，那才是真正过去了。"

"做得到吗？"

"做得到的，在这个世界上为情所沉溺的人固然很多，但从沉溺中走到光明的岸上的人也不少。因为他们救拔了自己，不为情所困。"

我把情说成是沉溺，把救拔说成是走到光明的河岸，是有道理的。我们在祝福一对新人时，最常用的一句话是"永浴爱河"。

"爱河"的譬喻出自《华严经》，《华严经》上说："随生死流，入大爱河。"为什么说是爱河呢？由于爱欲和河一样具有三种特性，一种是容易使人沉溺，不易自拔。第二种是爱欲的心就像河水一样，能浸染人最深的地方，例如我们用铁锤击石，石头会碎裂，但不能击碎每一个分子，可是如果我们把石头丢入河里浸染，它可以湿濡石头的任何一个分子，年深日久甚至把它们分解成粉末。第三种是难以渡越，不管是贩夫走卒，王公将相，都无法一步跨过河的对岸，同样的，第一步从爱的束缚中走过也非常不易。

我想起《杂阿含经》里记载的一个故事：有一次释迦牟尼对弟子说法，他问他们：“你们认为是天下四个大海的水多，还是在过去遥远的日子里，因为和亲爱的人别离所流的眼泪多呢？”

释迦牟尼的意思是，从遥远的过去，一生而再生的轮回里，在人无数次的生涯中，都会遇到无数次离别的时刻，而流下数不尽的眼泪，比起来，究竟是四大海的海水多，还是人的眼泪多呢？

弟子回答说：“我们常听见世尊的教化，所以知道，四个大海海水的总和，一定比不上在遥远的日子里，在无数次的生涯中，人为所爱者离别而流下的眼泪多。”

释迦牟尼非常高兴地称赞了弟子之后说：“在遥远的过去中，在无数次的生涯中，一定反复不知多少次遇到过父母的死，那些眼泪累计起来，真不知有多少！在遥远的无数次生涯中，反复不知多少次遇到孩子的死，或者遇到朋友的死啊！或者遇到亲属的死啊！在每一个为所爱者的生死离别含悲而所流的眼泪，纵是以四个大海的海水，也不能相比啊！”

这是多么可叹可悲，人因为情苦与情困，不知道流下多少宝贵的泪珠，情困如此，物困亦足以令人落泪，束缚在情与物中的人固然处境堪怜，究竟不能算第一流人物。什么是第一流人物呢？古人说：“岭上多白云，只可自怡悦，不堪持赠君，自是第一流人物。”

第一流的人物看白云虽是至美，却不想拥有，只想心领神会，这是多么高的境界。当我们知道其实在今生今世，情如白云过隙，物则是梦幻泡影，那么还有什么可以抱老以终的呢？

第一流人物犹如一株香花，我们不能说这株花是花瓣香，也不能说是花茎香；我们不能说是花蕊香，也不能说是花粉香；当然不能说是花根香，也不能说是花叶香……因为花是一个整体，当我们说花香时，是整株花的香。困于情物的人，往往只见到自己的那一株花里的一小部分的香，忘失了那株花，到后来失去了自己，因此，这样的人不能说是第一流的人物。

第一流的人物，不在于拥有多少物，拥有多少情，而在于能不能在旧物里找到新的启示，能不能在旧情里找到新的智慧，进出无碍。万一不幸我们正在困局里，那么想一想：如果我是一只蛹，即使我的茧是由黄金打造的，又有什么用呢？如果我是一只蝶，身上色彩缤纷，可以自在地飞翔，则即使在野地的花间，也能够快乐地生活，又哪里在乎小小的茧呢？

可叹的是，大多数人舍不得咬破那个茧，所以永远见不到真正的自我，真正的天空。

生命的馅

在面包店，我为了买奶酥面包或花生面包而迟疑半天，因为两种我都爱吃，但一天只能吃一种。

后来我买了奶酥面包，是不得不作的选择。

排队付账的时候，我想到，买面包时的迟疑也就像人生里的每一个选择一样：

我们要买一条土司容易，但选择面包的馅儿就难；我们要生活很容易，但生活得有内容、有滋味就难。

可以用钱买的面包都会难以选择，何况是那些无法用钱买的选择呢?

为了充饥而买面包，是第一种层次；为了品味而买面包是第二种层次；又能充饥又能品味，是第三种层次。

人生的追求也是如此，有的人只顾物质而不顾心灵；有的人为了强调心灵而鄙视物质；只有视野开阔的人，才知道心灵与物质平衡的重要。

物欲的追求与心灵的追求乃是天平的两端，一个有慧心的人自然可以找到既可充饥又好吃的面包。

走出面包店，我想明天再买花生面包吧！然后我就边走边吃刚出炉的奶酥面包，热气腾腾的，滋味很好。

眼前的时光

有一位信佛很虔诚的教师，时常在课堂上灌输小学生对佛教的认识。

一天，他花了半小时告诉学生，关于地狱的恐怖，然后他问学生：“有谁想要下地狱的，举手。”

果然没有人举手，教师感到很欣慰。

然后他又花了半小时，告诉学生极乐世界的美好，他问学生：“有谁想去极乐世界的，举手！”

大部分的小孩子都举手了，只有角落里一个孩子没有举手，面色凝重。

老师把他叫起来，问说：“为什么你既不想去地狱，也不想去极乐世界呢？”

那个孩子说：“我妈妈说，放学的时候哪里也不准去，要直接回家！”

这是一个笑话，也不全然是笑话而已，几乎所有的宗教都在强调来生的重要，也告诉我们过去的罪孽多么可怕，因此使许多宗教徒都活在过去的赎罪和未来的寄托之中，忽略掉眼前的时光。

其实，眼前的时光才是最真实的，要去地狱或天堂都应该从眼前起步。

在眼前的时光中欢喜，有光明与爱，就是天堂。

在眼前的时光中痛苦，黑暗与堕落，那一刻就是地狱呀！

闭关

只有心地足够自由的人，才有资格闭关。

闭关不是要把自我关闭，而是要在最有限的空间中开启自我最大的潜力。

大不了

有几个朋友同时来向我诉苦，他们都在同一个办公室做事，关系不良、错综复杂，但他们分别是我的朋友。

他们相互之间看到的都是缺点，可能是距离近的缘故。

我看到他们的都是优点，可能是距离保持的缘故。

连续接几个电话下来，感觉就像是看“罗生门”一样，每一个都是真相，每一个也都不是真相。

对每一个朋友我总是说：“别那么在乎，天下没有什么大不了的事！”

总统死了，会有新的总统；国家分裂了，会有新的国家；何况是小小的办公室呢?

真的，不必太在乎，不必太执着，天下没有大不了的事!

无常两则

我们认识的第一个秋天

我们认识的第一个秋天，确是在这里，我在巷子里走了很久才认出来。

我们曾坐在一起看云的阶梯，现在已经全崩坏了，只剩下一些石块的残迹。

我们曾站着彻夜谈天的那一棵凤凰木，有半边的枝桠被雷劈断了，另一边零落地开着花。

我们曾无数次在黄昏走过的草地，现在是一排灰色的公寓，上面装满了锈去的铁窗，以及努力从铁窗探头的盆栽植物。

我们曾在湖边谈诗的榕树不见了，湖已完全填平，现在是一个养鸡场。

这些都不是我认出这个地方的理由，我认出这个地方是因为偶然走过，而又有一些当年秋天的心情。还有那一年刚种上去的相思树，现在开满鹅黄色的小花，那相思树虽长大开花，树形一点也没有改变。

站在相思树前，我的心情和那绒绒的黄花一样茫然，我的思绪被这种茫然一把抓住，使我对自己、对青春的岁月感到非常陌生，不敢确定我是不是真的认识过自己或认识过你，那种感觉，仿佛有一条蛇从心头轻轻地滑过去。

我们认识的第一个秋天，竟是在这里吗？

离去的小路

这竟是当年你离去的那一条小路吗？阶梯上的榕树还是原来的样子（似乎老了一些），路旁的金急雨花仍然盛开（仿佛没有从前那么艳黄），巷子口的路灯也在原来的位置（如若缺乏昔日的光明），你家的窗口还是有我熟悉的灯光（但是窗帘好像换过了）。

这竟是当年你离去的那一条小路吗？你说过你不是轻易道别的人（你的话总像春天的风吹过），你说过你愿意一生只爱一次（你的誓言有如夏日午后的西北雨），你常常用泪来印证某些情爱的不朽（你的泪轻忽得似秋日流过的浮云），你说天下总会有一种永恒的情意（你这样说时，就像很冷很冷的冬天清晨我们口中所呼出的雾气）。

这竟是当年你离去的那一条小路吗？我试着用年轻时欢跃的碎步来走（但我已胖了），我试着以深深的呼吸来探触（但空气污染了），我试着想象你的唇、你的表情、你的气息、你的五官（但真像电影的柔焦镜头，带着模糊的一种忧郁）。

这竟是我看着你离去的小路吗？我看到红砖已全部换新了，路竟是像自己走了起来，我站着，让路带着我，然后我们高高地飞起。

在空中我看见年轻的自己正在路上，身影极小，吹着口哨，哨音里有忧伤凄楚的调子。

失恋之必要

这些年来，我时常思考到爱与恨的问题，因此收到你的来信感到特别心惊，你说到连续谈了三场恋爱，被三个不同的男人抛弃，感受到每一次谈恋爱的感觉愈来愈淡薄，每一次被抛弃则愈来愈恨。

第一次失恋，你的感受是：真恨！真想报复他！

第二次，你更进一步谈到：我一定要想办法报复！

第三次的时候，你的心喷出这样的火焰：我要杀死他！

读了你的信，使我在夜暗的庭院中再三徘徊，抬头看着远天的星星，月光如洗，呀！这世界原是这样的美好，为什么人的心中要充满恨意呢？由于怀恨，我们的心眼昏眠，就看不见世间一切的好，自然也看不到自己在这里面的角色了。

我们时常谈到爱恨，但很少人去深思爱恨的问题，我现在用佛经的观点来看看爱恨，在南传的《法句经》里，把爱分成四个转变，也就是四个层次：

一、亲爱——对他人的友情。

二、欲乐——对某一特定对象的爱情。

三、爱欲——建立于性关系的情爱。

四、渴爱——因过分执着以至于痴病的爱情。

这四个层次逐渐加深，也就逐渐产生了苦恼，因此经上说了一首偈：

从爱生忧患，从爱生怖畏；
离爱无忧患，何处有怖畏？

苦恼生出恐惧，恐惧生出悲哀，悲哀再转为嗔恨，其实如果往前追溯，爱与恨是同一根源，好像手心与手背一样，所以佛陀说："爱可生爱，亦可生恨；恨能生恨，亦能生爱。"

什么是恨呢？经典里把忿恨连在一起，说它们是五种障道的力量，也是十种小随烦恼的两种：忿，恨之意，对有情、非情产生愤怒之心。恨，于忿所缘之事，数数寻思，结怨不舍。五种障道之力是欺、怠、嗔、恨、怨，欺能障信，怠能障进，嗔能障念，恨能障定，怨能障慧。

那么，像忿、恨、恼、嫉、害则是以嗔为体，嗔与贪、痴合称为"三毒"，贪与痴加起来产生嗔，所以嗔是心的最大障碍，在《大智度论》里说："嗔恚其咎最深，三毒之中，无重此者；九十八使中，此为最坚；诸心病中，第一难治。"

好了，现在我们知道爱欲与嗔恨的本质是相通的，我们可以来思考一些有趣的问题，一是爱虽然会转为恨，却不一定会转为恨，也可以说，失恋会使一些人意志消沉、忿恨难平，却也能使另外一些人更懂得去爱，开发更广大的胸怀，不幸的，你是属于

感恩这都市的污染，使我们有追求明净的智慧。
感恩那些看似无知的花树，使我们深刻地认清自我。

前者。二是爱恨虽能束缚我们，它只是心的感受，犹如波浪之于大海，其中并没有实体，是缘起缘灭罢了，可叹的是，大部分人不能随缘，反而缘起即住，爱的时候陷溺在爱里，恨的时候沉沦于恨中。

一般人在爱恨的时候很少有检验的精神，很少反观这情绪的变化，因此就难以革新与创发。久而久之，爱恨遂成为一种模式。

“由爱生恨”是最固定的模式，我们从小就被教育了这种模式，我们在电视、小说、电影里学习到这种模式，在亲戚朋友身上感染这种模式，反映到真实生活里，我们在爱情失败时，随之而起的便是恨，没有一个例外，我把这种叫做“模式反应”，那有点像蚊子从我们眼前飞过，它不一定会伤害我们，但我们会下意识地举手去扑杀它一样。

如果不是“模式反应”，为什么千百万人失去爱的时候都反射出恨呢？那是不是人性的真实呢？我有一个朋友说过，欧洲人与美国人失恋，所带来的恨意就比中国人或日本人淡薄得多，大部分西方人在失恋中、离婚之后都能与从前的伴侣做朋友，那是他们的模式反应没有像我们一样。

为什么我要和大部分人一样，失恋就憎恨呢？可不可以做一个卓然的人，失恋也不恨呢？

失恋的恨，那是由于两个原因，一是认为失恋是坏事，二是我们沉沦于过去的觉受。

我曾经在笔记上写了两句话：“为了爱，失恋是必要的；为了光明，黑暗是必要的。”

那就好像，如果我们不饥饿，就无法真正享受食物；如果我们不生病，就不知道健康的可贵；如果我们不年老，青春对我们就没有意义；如果我们要种莲花，没有烂泥巴是不行的……

失恋不是坏事，春天过了就是夏天，秋天过了就是冬天，这是必然的过程，我们热爱春秋，但并不能阻挡火热与寒冷的来临，我们热爱莲花、玫瑰、金盏花、紫丁香，但我们不能使它不凋零。

我们不喜欢凋零，然而，凋零是一种必然。

过去不能让它过去，不愿等待未来是人生最大的悲剧，其实，再怎么好的恋爱，每天都是不同的，我们甚至无法维持对一个人的爱，从早上到晚上都保有同一品质。也就是说，再好的爱都会失去，会成为过去式。

我们之所以为失恋烦恼，是因为我们不愿面对此刻、融入此刻，老是沉湎于过去。可叹的是沉湎于过去的人会失去生的乐趣、失去发现的乐趣、失去创造的可能、失去爱的能力。如果我们愿意走出来，就会发现就在此刻、就在门外，就有许多值得爱的人、许多值得爱的事物。

当然，不只是许多人值得爱，也有许多人等着爱我，只是我关在过去的枷锁里，他们没有机会来爱我吧！我要得到更好、更珍贵的、更真实的爱，首先是使我的心得到自由。

看你满腹烦恼、满脸忿恨、满脑子报复之思，就是有这世界上最好的对象，也会被你错过了呀！

让我们一起来做一些创造性的工作，每天清晨起来，把昨天的爱恨全部放下，从零出发，对着镜子好好展现一个最美的笑吧！然后梳妆打扫（从心里的庄严开始），把自己最好的、最有魅力的那一面提起来，挺胸抬头走出门外，那才是今天的你、此刻的你，既然你认为自己是善良而美丽的，为什么不把善良和美丽表现出来呢？

如果是我，使我动心的异性，是那些有生机、有活力，能微笑走在风里的人，而不是怀忧丧志、满腹忿恨的人呀！

我说的这些都不是空话，而是我自己的体验，是我的开发与创造，说来你也许难以相信，我很感激那些从前抛弃过我的人，如果没有她们，就不会造就今天的我呀！

那些没有经过监狱的悲惨的人，不会懂得外面的世界是多么值得欢喜与感恩，你现在知道心灵监狱的悲惨，一旦你走了出来，就可以知道生命确是值得欢舞和庆祝的。

不要哭了，不要恨了，当你停止哭泣与怀恨的那一刻，我在你的脸上看到春天的光辉，那时，你是多么美，像一朵金盏花在清晨的阳光下温柔地开放。

虽然我没有见过你，但我真的看见了你转化恨意之后，脸上流转的光辉。

关于颜色

在报纸杂志上，我们时常会看到关于颜色的研究，譬如喜欢穿什么颜色的衣服、用什么颜色的餐具，乃至开什么颜色的汽车，都可以追索到我们的性格与个性。

很多的心理学家、社会学家、人类学家花许多时间来研究、分析，以便让大家按图索骥，来回看自己的性格。

几天前，我看到了一个社会学教授从人使用的汽车颜色来推定人的个性，结论大致是这样的：

红色——最善于处理危机或压力，因你充满活力，人们都乐于与你为伍。

黑色——你绝不会被生活困境打倒，因为自信和勇气是你的两大特质。

白色——你务实而真诚，面对压力仍能泰然处之，永远对未来抱乐观的态度。

黄色——你个性温馨开放，乐于助人，精神永远保持在活泼的状态。

蓝色——你天生乐于助人，为朋友不惜两肋插刀。

绿色——你富于想象力和创造力，开放，而能容纳别人的

活着一日就尽一日的本分，
无怨无悔，对心对境，不为俗情遮埋，如是而已。

意见。

银色或金灰色——你是天生的领袖，为自己设定极高的价值观。

金色、棕色、铜色——你热爱美好事物，对所用的物品只要经济能力许可，一定使用上品。

混合色——你能兼顾事物的正反两面，当人们有争论时，常常征询你的意见。

我每次读到这样的“研究报告”，都忍不住失笑，因为不管我们选用的是什么颜色的车子，都会觉得这个研究有理，因为人都喜欢被赞美，那些心理学家与社会学家至少很了解这一点，所以不管你喜爱什么颜色，你都是没有缺点的。

其次，使我失笑的原因是，现代人都太忙碌了，他们不希望多费脑筋，而是渴望一些简单的答案，学者们用许多时间、精神做复杂的研究，却提供简单的答案，但大家忘记了，这些答案根本就明白地摆在眼前，不需要绕着迷宫来寻找。

最后，我们也看见了，颜色与颜色之间虽是那么不同，但是它通向的结论是很接近的。这使我们思考到更重要的问题，人可以同时喜欢各种不同的颜色，或者说人的身心里本来就有很多的颜色。

依照佛教的说法，这个宇宙有多少颜色，在我们的身心里就有多少颜色，而我们所选择的颜色则是我们性格的一部分展现。《心经》里说：“色即是空、空即是色、色不异空、空不异色。”就是这个道理，此处的“空”不是“虚无”，而是身心的

“空性”，色自然也不只是颜色，而是一切形相的显现。

我们自知自己喜欢的颜色，甚至分析出这些颜色与性格的关联，一点也不重要。重要的是找到颜色的执着，去突破它，找到与“形色”相应的那个“空性”，使我们有一种清明的对应。

我们能生长在一个颜色缤纷的环境是值得感恩的，因为许多人没有这样的因缘；我们张开眼睛就能分辨颜色是值得感恩的，因为许多人没有这样的机会。

所以，我们不要只去找外面的形色，也要张开内在的眼睛，看清自己；我们也不只要张开眼睛观察世间的真相，更要在闭着眼睛时，能探索宇宙的一切智慧。

不管我喜欢什么颜色，让我富于想象与创造力，热爱美好事物，为自己设定极高的价值观。

让我充满活力、乐于助人、务实而真诚、自信而有勇气，永远抱着乐观的态度。

让我温馨开放，能容纳别人的意见，面对压力时泰然处之，能兼顾事物正反两面的思考。

让我热爱这个世界，关怀这世界的每一众生！

让我充满感恩，努力向上，使一切众生一切世界都成为上品！

在飞机的航道

一位年轻人说要带我去看飞机。

“飞机有什么好看呢？”我说。

他说：“去了就知道。”

我坐上他的机车后座，在台北的大街小巷穿行，好不容易来到“看飞机的地点”。

虽然是黄昏了，草地上却有许多青年聚集在一起，远方火红的落日在都市的滚滚红尘衬托下，显得极为艳丽。

一架庞大的飞机从东南的方向，逆着太阳呼啸而来，等待着的年轻人全站直身子，两臂伸直，高呼狂叫起来。

啸声震大的飞机低头俯冲，一阵狂风袭卷，使须发衣袖都飞荡起来，耳朵里嗡嗡作响，在尚未回过神的时候，飞机已经在松山机场降落。

我站在飞机航道上，回想着几秒钟前那惊心动魄的经验，身体里的细胞仿佛还随着飞机的喷射在震颤着，另一架波音737又从远方呼啸而来了……

载我来的青年，打开一罐啤酒，咕噜咕噜地灌进肚子里，说：“很过瘾吧！”

这个心脏纯净、充满热力的青年，和我年轻时代一样，已经连着三次联考落榜，正在等待兵役的通知。每天黄昏时分把摩托车飙到最高速，到这飞机最近的航道，看飞机凌空降落。

他说：“这城市里有许多心情郁卒的人，天天来这里看飞机，就好像患了某种毒瘾一样。”他正在说的时候，夕阳的最后一丝光芒沉入红尘，一架有四个强灯的飞机降落，在灰暗的天空射出四道强光。

青年把自己挺成树一样，怪声一口，回过头来再次对我说：“真的很过瘾吧！”

“是呀！”我抬头看着飞机远去的尾灯，觉得如此迫近的飞行，确是震撼人心的。

“我每次心情不好，来看了飞机就会好过一点。站在飞机航道的我们是多么渺小，小得像一株草，那么人生又有什么好计较的呢？考试的好坏又有什么好计较呢？”

一直到天色完全沉黑了，虽然飞机依然从远方来，我们还是依依不舍地离开狂风飞扬的跑道。

我坐在机车后座，随青年奔驰在霓虹闪耀的城市，想着这段话：“我们是多么渺小，小得像一株草，人生有什么好计较的呢？”

单纯的宝藏

在印度有一个古老的传说：

有一群聪明人，要去挖掘宝藏，根据他们的各种推论，宝藏应该是埋藏在无穷远大的山顶上的，至于在山上的什么地方，颇引起大家的争论。

他们正在议论的时候，一个单纯的农夫正好路过，好奇地停下来听他们的谈话，他听不懂那些聪明人谈话的内容，只听懂似乎在某一个地方埋着巨大的宝藏。

后来聪明人出发了，他们浩荡地走入无尽的远山，不管到任何一座山他们都要争论，因此，他们从未开始掘一块土，当然他们永远不可能挖到宝藏。

但是，那个贫穷的农夫，他既不知道理论上宝藏应该埋在深山，也不知道理论上挖宝藏应该考证，他就从那些聪明人争论宝藏时所站的那块土地掘下去，一天又一天地挖掘下去，终于找到了那一座大的宝藏。

从理论上说，那个农夫似是太单纯了，但这个印度寓言正在启示我们，单纯的实践的力量。就在我们这个社会上，现在到处充满了复杂的空论，许多在报纸上写婚姻疑难专栏的人，是从没有结过婚的；许多为民喉舌的代言人，背后有大资本家的支援；许多在议会中做道德质询的人，自己却经营色情的行业；许多事业看来成功的商人，却做着败德与潜逃的准备……

我们可以说是一个黑白两道混淆不清的社会，造成这种现状的原因正是缺乏一种单纯的实践的精神。

每个人都在梦想远方的宝藏，又没有人愿意从自己的内心掘起，反倒那些一步一步使自己过尊严生活的平凡人，被看成是呆子，是不合时代的人。

有一次，我对一个孩子讲这个印度的古老传说，孩子听完后问说："他挖到那个宝藏不是很危险吗？迟早要被那些聪明人骗走的！"我听了以后感慨良深，如果连我们的孩子都有这样的忧虑，那么单纯的实践就更难了。

不过，对于能单纯实践的人，他的心就是净土，走到哪里，清净的门都为他开启；对于有复杂的空论的人，处处的大门都锁着，即使知道远山有宝藏也毫无用处。

水中的蓝天

开车从莺歌到树林，经过一个名叫“柑园”的地方，看到几个农夫正在插秧。由于太久没看到农夫插秧了，再加上春日景明，大地辽阔，使我为那无声的画面感动，忍不住下车。

农夫弯腰的姿势正如饱满的稻穗，一步一步将秧苗插进水田，并细致敬谨地往后退去。

每次看到农人在田里专心工作，心里就为那劳动的美所感动，特别是插秧的姿势最美，这世间大部分的工作都是向前的，唯有插秧是向后的，也只有向后插秧，才能插出笔直的稻田。那弯腰退后的样子，总使我想起从前随父亲在田间工作的情景，生起感恩和恭敬的心。

我站在田岸边，面对着新铺着绿秧的土地，深深地呼吸，感觉到春天真的来了，空气里有各种薰人的香气。刚下过连绵春雨的田地，不仅有着迷蒙之美，也使得土地湿软，种作更为容易。春日真好，春雨也好！

看着农夫的身影，我想起一首禅诗：

手把青秧插满田，

低头便见水中天；

六根清净方为道，

退步原来是向前。

这是一首以生活的插秧来象征在心田插秧的诗。意思是唯有在心田里插秧的人，才能从心水中看见广阔的蓝天，只有六根清净才是修行者唯一的道路；要走入那清净之境，只有反观回转自己的心，就像农夫插秧一样，退步原来正是向前。

站在百尺竿头的人，若要更进一步，就不能向前飞跃，否则便会粉身碎骨。只有先从竿头滑下，才能去爬一百零一尺的竿子。

人生里退后一步并不全是坏的，如果在前进时采取后退的姿势，以谦让恭谨的方式向前，就更完美了。

“前进”与“后退”不是绝对的，假如在欲望的追求中，性灵没有提升，则前进正是后退，反之，若在失败中挫折里，心性有所觉醒，则后退正是前进。

农人退后插秧，是前进，还是退后呢？

记得从前在小乘佛教国家旅行，进佛寺礼拜，寺院的执事总会教导，离开大殿时必须弯腰后退，以表示对佛的恭敬。

此刻看着农夫弯腰后退插秧的姿势，想到与佛寺离去时的姿势多么相像，仿佛从那细致的后退中，看见了每一株秧苗都有佛的存在。

“青青秧苗，皆是法身”，农人几千年来就以美丽谦卑的姿势那样实践着。那美丽的姿势化成金黄色的稻穗，那弯腰的谦卑则化为累累垂首的稻子，在土地中生长，从无到有、无中生有，不正是法身显化的奇迹吗？

从柑园的农田离开，车子穿行过柳树与七里香夹道的小路，我的身心爽然，有如山间溪流一样明净，好像刚刚在佛寺里虔诚地拜过佛，正弯腰往寺门的方向退去。

空中的蓝天与水中的蓝天一起包围着我，从两颊飞过，带着音乐。

急

在高速公路驾车，是心惊的经验。那是可以清楚地感受到一个字：急！急！急！

为什么这世界上的人都这么急呢？那按着喇叭冲刺的人是要赶去哪里？那斜刺里飞出的汽车是在追逐什么？

这是速度的急。有时心情更急，看街头红绿灯前喷烟的汽车，左闪右闪穿来穿去的人群，觉得在这样交叉的时空里，令一些即使无事的人，脚步也匆匆起来，心情也急了起来。

有一次和几位朋友步行去喝咖啡，大家都急速地走着，我不免问道：“这么赶，要干什么呀？”

“要去喝咖啡呀！”几位朋友都诧异地看我。

我们就急促地走了十几分钟，到咖啡厅坐定还人人气喘吁吁，接下来花了两小时谈一些没啥意义的闲天。我说：“我们要喝咖啡聊闲天，其实刚刚不必走那么急。”大家面面相觑想了一下，“对呀！我们干吗连喝咖啡都急得满头大汗呢？”

大家都为这种不自觉的急感叹起来。

最后，作鸟兽散了，我看到刚刚感叹过的朋友都放开大步，急急走上前去。

如果，求觉悟有这么急就好了，我想。

爱与恨

要爱一个人需要很长的时间，要恨一个人却只要一秒钟，所以把从爱到恨的过程叫“反目”，反目其实只是一眨眼的事。

爱人不易，但是使爱淡化所需要的时间很短，恨人容易，但要使恨褪色的时间却很长。

爱可以使人颓废而意志消沉，恨也可以。

爱可以激发人新的力量发挥潜力，恨也可以。

爱能令人疯狂失去意志，恨也能。

爱能令人脸红手足无措，恨也能。

爱恨的面目虽然有所不同，本质却是一样的，一个爱情激烈的人通常仇恨也很激烈。

仇恨的仙人掌通常是开在爱的沙漠；博爱的莲花却是从仇恨的污泥中穿越。

人不必一定断除爱恨，但人要努力地使爱澄澈如清晨的水面，使恨明朗如午后的微风。

教堂与坟墓

住在维吉尼亚州的美国朋友，是一位电力工程师，有一天告诉我一个故事。

他被通知到维琴尼亚山上的电塔修理电力障碍，于是清晨就出发了。电塔在很远的山上，开车八小时才抵达那座山，在山里绕来绕去，就是找不到那座电塔，天色逐渐暗下来，终至完全黑暗，伸手不见五指。

山上既没有人家，也没有灯火，他心里愈来愈着急，心里想着：不要急着找电塔，应该先找到一个可以睡觉的地方，一切等天亮再说。

正这样想的时候，趁着月光，竟看见远处的山顶上有一个高的十字架，在黑暗中闪闪发光。

他欣喜若狂，立刻驱车往十字架的方向开去，到靠近了，才发现是一座在荒山的教堂，里面并无灯光，门也是锁着的，无法进入教堂借宿，朋友把车停在教堂旁边，安心地睡着了，“因为心里觉得上帝就在身边，那一夜睡得好极了”。

在鸟声中醒来的朋友，探头一看，才发现不得了，原来他的车子停在一片公墓的中间，四周全是坟墓，坟墓上都是十字架。

朋友说："还好当时只看到教堂，如果看到一片坟墓，可能就不能安心睡觉了。"接着，朋友感慨地说："所以，一个人如果要心安，一定要常常往高的地方、光明的所在看；假如一直看着黑暗或低下的地方，心就不能轻安了。"

这个故事非常好，使我想到，教堂与坟墓都有十字架；而且，许多教堂都盖在坟墓旁边；照耀着教堂的月光，也同样照在坟墓上；这个世界是如实地显露着平等，没有分别的真相，只是人心的向往，使世界也不同了。

一个想要安心生活的人，当然要有一些光明的希望、崇高的探索、境界的追求，只要保有这种态度，即使处在障碍中也能坦然无惧，就好像站在坟墓里，也能看见教堂一样。

金片子

参加朋友的聚会，认识了一些富有的人，其中有一位递给我一张名片，金光闪闪，我正要收入口袋的时候，他说："这名片是纯金的喔！"

"纯金的名片？"我迟疑了一下，又把名片拿出来端详，一时之间不知如何是好。那给我名片的人说："你看看背面。"我翻过一看，发现背面角落里有一行小字"纯金999"。

那人补充说明："这黄金的名片是很珍贵的，价值很高的。"

我说："太好了，哪一天我拿到银楼把它卖掉。"然后我说："我也有一张名片给你，也是很珍贵的。"我把名片送给那富人，其实我的名片平淡无奇，而且是为了实践环境保护运动，特别选用再生纸印的，我觉得以再生纸印名片、印稿纸、印书都是十分珍贵的观念，因此我说："我这张名片是用再生纸印的，没有一棵树因为我的名片而倒下。"

在回家的路上，我还是感觉自己的心有一些不平静，原因是，我真的没有想到台湾竟然有人用纯金来印名片，这除了表示一个人的骄奢之外，还能表示什么呢？使用黄金名片的人，并不会因为名片的价值而增加自己的价值呀！想想一张价值千元的黄

我们不敢靠众生太近，不是我们不慈悲，
而是怕不能负担对众生的深情！

金名片，如果使用的人一天发出十张，那么一天光是名片就要费去万元的开支，一万元对于贫困的家庭已经是一笔很大的数目，为什么不把钱用来救贫济苦呢?

自然，黄金名片不是独立存在的事物，而是社会人心浮滥之下的产物，有人用黄金的水龙头和马桶，有人把美钞镶在马桶盖上。前一阵子，台北的一家餐厅也仿效日本，把金箔金粉撒在牛排上进食，这些事情如出一辙，都是在一方面炫耀自己的财富，一方面用以证明或肯定自己的身价，可悲的是，一个人并不会因使用黄金马桶，会有更健康的肠胃，也不会由于使用黄金的名片，就更增加自己的名位，只是徒然显示自己的功利与无知罢了。

社会环境日趋复杂，使人的价值也混乱了，大部分人无法以单纯的态度来肯定自我价值，只好用虚浮的、表面的东西来代表自我，于是撒着黄金的牛排出来了，黄金的名片出来了。以“黄金牛排”来说，古人吞金可以自杀，可知黄金吃进腹中，有百害而无一利，因为虚荣而吃黄金的人，有没有思考能力呢？“金屑虽贵，在眼为病”，在肠胃里当然也一样。以“黄金名片”为例，我确信真正有智慧的人绝不会用黄金来印名片的。

在大家都还没有使用名片的时代，我们反而能测度一个人真实的价值，有了名片，许多人在名片上加各种头衔，反倒使一个人的真实面被隐藏了。我们从前可能说：“某某人是一个人格者。”现在则会说：“某某人是用黄金名片的人。”

像现在选举到了，常常收到候选人的名片，名片都是彩色印刷，有彩色照片，各种经历、学历，唯恐印得不详尽，有的竟要折成四折才将自己的价值印得完全，每次我把候选人的名片丢进垃圾桶时，心中未免感慨人的价值之不明，这使得整个政治上的选举只像是荒谬剧一样。

一位经营银楼的朋友来聊天，我告诉他黄金名片的事，他还不敢相信，后来我剪下名片一角让他化验，果然是真的！本来我私心里还希望，没有人真的会奢侈到真以黄金做名片，如今这希望也破灭了，唉！唉！

等我们把金片子毁了，银楼的朋友才问我："糟了，把那人的名字剪掉了，他叫什么名字？"

我一怔，说："我一心只想着黄金，哪里有心去记他的名字？"

两人相对大笑，只差没有笑出眼泪。

海边的白蝴蝶

我和两个朋友一起去海边拍照、写生，朋友中一位是摄影家，一位是画家，他们同时为海边的荒村、废船、枯枝的美惊叹而感动了，白净绵长的沙滩反而被忽视，我看到他们拿出相机和素描簿，坐在废船头工作，那样深情而专注，我想到，通常我们都为有生机的事物感到美好，眼前的事物生机早已断丧，为什么还会觉得美呢？恐怕我们感受到的是时间，以及无常和孤寂的美吧！

然后，我得到一个结论：一个人如果愿意时常保有寻觅美好感觉的心，那么在事物的变迁之中，不论是生机盎然或枯落沉寂都可以看见美，那美的原不在事物，而在心灵、感觉，乃至眼睛。

正在思维的时候，摄影家惊呼起来："呀！蝴蝶！一群白蝴蝶。"他一边叫着，一边立刻跳起来，往海岸奔去。

往他奔跑的方向看去，果然有七八只白影在沙滩上追逐，这也使我感到讶异，海边哪来的蝴蝶呢？既没有植物，也没有花，风势又如此狂乱。但那些白蝴蝶上下翻转地飞舞，确实是非常美的，怪不得摄影家跑那么快，如果能拍到一张白蝴蝶在海浪上飞的照片，就不枉此行了。

我看到摄影家站在白蝴蝶边凝视，并未举起相机，他扑上去抓住其中的一只，那些画面仿佛是默片里，无声、慢动作的剪影。

接着，摄影家用慢动作走回来了，海边的白蝴蝶还在他的后面飞。

“拍到了没？”我问他。

他颓然地张开右手，是他刚刚抓到的蝴蝶。我们三人同时大笑起来，原来他抓到的不是白蝴蝶，而是一片白色的纸片。纸片原是沙滩上的垃圾，被海风吹舞，远远看，就像一群白蝴蝶在海面飞。

真相往往是这样无情的。

我对摄影家说：“你如果不跑过去看，到现在我们都还以为是白蝴蝶呢！”

确实，在视觉上，垃圾纸片与白蝴蝶是一模一样，无法分别的，我们的美的感应，与其说来自视觉，还不如说来自想象，当我们看到“白蝴蝶在海上飞”和“垃圾纸在海上飞”，不论画面或视觉是等同的，差异的是我们的想象。

这更使我想到感官的享受原是非实的，我们许多时候是受着感官的蒙骗。

其实在生活里，把纸片看成白蝴蝶也是常有的事呀！

结婚前，女朋友都是白蝴蝶，结婚后，发现不过是一张纸片。

好朋友原来都是白蝴蝶，在断交反目时，才看清是纸片。

未写完的诗、没有结局的恋情、被惊醒的梦、在对山看不清楚的庄园、缘尽情未了的故事，都是在生命大海边飞舞的白蝴蝶，不一定要快步跑去看清。只要表达了，有结局了，不再流动思慕了，那时便立刻停格，成为纸片。

我回到家里，坐在书房远望着北海的方向，想想，就在今天的午后，我还坐在北海的海岸吹海风，看到白色的蝴蝶——喔，不！白色的纸片——随风飞舞，现在，这些好像真实经验过的，都随风成为幻影。或者，会在某一个梦里飞来，或者，在某一个海边，在某一世，也会有蝴蝶的感觉。

唉唉！一只真的白蝴蝶，现在就在我种的一盆紫茉莉上吸花蜜哩！你信不信？

你信！恭喜你，你是有美感的人，在人生的大海边，你会时常看见白蝴蝶飞进飞出。

你不信？也恭喜你，你是重实际的人，在人生的大海边，你会时常快步疾行，去找到纸片与蝴蝶的真相。

孔雀菜

带孩子上菜市场，偶然间看到一个菜贩在卖番薯叶子，觉得特别眼熟。

番薯叶子是我童年在乡下常吃的青菜，那时或许也不能算是青菜，而是种番薯的副产品。番薯是最容易生长的作物，旧时乡间每一家都会种番薯田，尤其是稻子收成以后，为了使土地得到调节，并善用地利，总会种一些番薯，等到收成以后再播下一季的稻子。

那些年，番薯为乡间农民做了很大的贡献，好的番薯可以出售，可以果腹以补白米的不足，较差的则可以用来养猪。番薯菜叶也是养猪用的，所以在乡下叫“猪菜”，但大人们觉得养猪也可惜，总是把嫩的部分留下来，作为佐餐的菜肴。三十年前，不太有多吃青菜的观念，只要能吃饱就很不错了，因此，番薯叶子几乎是家庭里最常见的青菜。

市场里看到番薯叶子，忍不住对孩子说起童年关于番薯叶子的记忆，孩子专注聆听，似懂非懂，听完了，突然举起小手指着番薯叶子说：

“这应该叫孔雀菜！”

“孔雀菜？为什么要叫孔雀菜呢？”我惊奇地问。

“因为它长得真像孔雀的尾巴。”

我拿起摊子上摆着的番薯叶子，仔细端详，果然发现它的样子像极了孔雀尾巴，它的梗笔直拉高，末端的叶子青翠怒放，尤其是有一些圆形的品种，张开来，简直就是开屏时的孔雀了。

四岁孩子的观察力与想象力深深地震撼了我。在过去，番薯叶子对我是一种贫苦生活的象征，因为我和千千万万台湾的农家子弟一样，经验了物质匮乏的苦，所以看到番薯叶子，那些苦的生活汁液便被搅动了。可是对于我的孩子，他生命里还没有苦的概念，因此在最平凡最卑贱的番薯叶子里竟看见了孔雀一般的七彩之美，番薯叶子对他便成为一种美丽与快乐的启示了。

从那一次以后，我们家就把番薯叶子称为“孔雀菜”，吃的时候仿佛一切的苦难都消失了，只留下那最快乐的部分，而这平凡卑微的菜式也变得格外的高贵精美了。

可见，一个人对于苦乐的看法并不是一定的，也不是永久的，就如同我现在回想童年生活，感觉到它有许多苦的部分，其实苦中有乐，而许多当年深以为苦的事，现在想起来却充满了快乐。

乞丐中的乞丐

苦乐非但是随着时间空间而有不同的感受，并且也是纯主观的，在这个世界上，主观的说可能有最苦的人或最苦的事件，可是在客观里，人的苦乐就没有“最”字了。

就像孔子的学生颜回，他居陋巷，曲肱而枕之，一箪食，一瓢饮，人不堪其忧，回也不改其乐。最值得注意的是“忧”和“乐”两个字，对一般人来说，颜回那么简单的生活，几乎是最苦的了，但他却不以为苦，反而觉得那是一种无上的快乐。这种境界，古来许多修习头陀苦行的禅师必然体会得最深刻，即使是近代，像人道主义者史怀哲，像伟大的教育者海伦·凯勒，像拯救印度的甘地，乃至深怀人类苦难悲愿的德蕾莎修女，他们不都是以苦为乐，成就了令人崇仰的志业吗？

痛苦和快乐是没有一定的道理的！

我记得小时候，我的父亲说过一个故事，他说从前有个乞丐，从这个乡村走到另一个乡村去乞讨金钱，路途的跋涉自不在话下，但是他在那个乡村从早到晚，只讨到一点点的钱，黄昏的时候他悲哀地想着：“我一定是这个世界上最可怜的人了，做了乞丐还不要紧，居然走了一天路，还讨不到钱，天底下还有像我这么可怜的人吗？”

于是，他悲痛地走回他居住的乡村，但是一路上他遇到好几位乞丐，衣服比他更破烂，身体比他更瘦弱，走过来向他伸手要钱，他看到那些乞丐，忍不住百感交集落下泪来，想到：“原来天底下还有比我更可怜的人！”

故事的结局是老套，这位乞丐从此改变了人生观，奋发向上，终于成为一个有用的人。

这个故事留给我很深的印象，因为它有一个深刻的哲理：“除非我们自认为是世界上最可怜的人，否则我们一定不是最可怜的人。”苦乐乃是比较级的，没有了比较，苦乐就不会那么明

大部分人空过了一生，
也没有体会到隐藏在心灵内部极幽微，
但极清澈的自性的芳香。

显了。这个道理，梁启超曾写过一篇《惟心》，分析得最为透彻，我且引几段来看！

“戴绿眼镜者，所见物一切皆绿；戴黄眼镜者，所见物一切皆黄；口含黄连者，所食物一切皆苦；口含蜜饴者，所食物一切皆甜。一切物果绿耶？果黄耶？果苦耶？果甜耶？一切物非绿、非黄、非苦、非甜，一切物亦绿、亦黄、亦苦、亦甜，一切物即绿、即黄、即苦、即甜。然则绿也、黄也、苦也、甜也，其分别不在物而在我，故日‘三界惟心’。”

“天地间之物，一而万，万而一者也。山自山，川自川，春自春，秋自秋，风自风，月自月，花自花，鸟自鸟，万古不变，无地不同。然有百人于此，同受此山、此川、此春、此秋、此风、此月、此花、此鸟之感触，而其心境所现者百焉；千人同受此感触，而其心境所现者千焉；亿万人乃至无量数人同受此感触，而其心境所现者亿万焉，乃至无量数焉。然则欲言物块之果为何状，将谁氏之从乎？仁者见之谓之仁，智者见之谓之智，忧者见之谓之忧，乐者见之谓之乐，吾之所见者，即吾所受之境之真实相也。故曰：惟心所造之境为真实。”

梁启超的文字典雅明白，让我们看到苦乐的感受其实是主观的认定，这是庄子所说“子非鱼，安知鱼之乐”的道理。梁启超还有一段谈苦乐的文章，更精确地指出苦乐非但是主观的，而且是比较的，他说：

“三家村学究得一第，则惊喜失度，自世胄子弟视之何有焉？乞儿获百金于路，则挟持以骄人，自富豪视之何有焉？飞弹掠面而过，常人变色，自百战老将视之何有焉？一箪食，一瓢饮，在陋巷，人不堪其忧，自有道之士视之，何有焉？天下之境，无一非可乐、可忧、可惊、可喜者，实无一可乐、可忧、可惊、可喜者。乐之、忧之、惊之、喜之，全在人心。所谓天下本无事，庸人自扰之。境则一也，而我忽然而乐，忽然而忧，无端而惊，无端而喜，果胡为者！如蝇见纸窗而竞钻，如猫捕树影而跳掷，如犬闻风声而狂吠，扰扰焉送一生于惊、喜、忧、乐之中，果胡为者！若是者，谓之知有物而不知有我；知有物而不知有我，谓之我为物役，亦名曰：心中之奴隶。”

明白了这一层道理，苦乐又何足惧哉！

一切由己，自在安乐

从佛教的观点来看，苦乐的哲学则更可以了然，释迦牟尼在《遗教经》里有五段谈到知足：

“汝等比丘，若欲脱诸苦恼，当观知足。知足之法，即是富乐安隐之处。知足之人，虽卧地上，犹为安乐；不知足者，虽处天堂，亦不称意。不知足者，虽富而贫；知足之人，虽贫而富。不知足者，常为五欲所牵，为知足者之所怜悯。是名知足。”

佛陀进一步指出一个人快乐的来源，就是“知足”，另一个快乐的来源是“少欲”，《遗教经》另一章说：

“汝等比丘，当知多欲之人，多求利故，苦恼亦多；少欲之人，无求无欲，则无此患。直尔少欲，尚宜修习，何况少欲能生诸功德。少欲之人，则无谄曲以求人，意亦复不为诸根所牵，行少欲者，心则坦然，无所忧畏，触事有余，常无不足。有少欲者，则有涅槃，是名少欲。”

这真是智慧之言，因为能少欲无为，所以能身心自在，如果我们把心量放大，再回来看苦乐，那苦乐就更不足道，佛陀在《四十二章经》中，说出了一个悟道者的真知灼见：

“吾视王侯之位，如过隙尘。视金玉之宝，如瓦砾。视纨素之服，如敝帛。视大千界，如一诃子。视阿耨池水，如涂足油。视方便门，如化宝聚。视无上乘，如梦金帛。视佛道，如眼前华。视禅定，如须弥柱。视涅槃，如昼夕寤。视倒正，如六龙舞。视平等，如一真地。视兴化，如四时木。”

一个人假如能悟到如此巨大伟岸，苦乐再大，也自然无波。我们虽不能像佛陀有那样深广无上的智慧，但我们可以体会那样的智慧，也就不会为世苦所染着了。我们若能自我清洗、自我把持，减少外境的干扰，则较清净喜乐的人生并不是不可能的。在《大般涅槃经》里有一小段话是值得记诵的：

“一切属他，则名为苦；一切由己，自在安乐。”

我们所说对苦乐的真实认识，也不是那么难以达到。我有一次坐出租车，就曾被出租车司机深深地感动，那个司机原来是一家贸易公司的小主管，他服务的公司倒闭了，一时之间找不到合适的工作，只好去开出租车，他说：

“我刚开始开出租车时，心情非常郁闷苦恼，时常想到我过去曾经有大的抱负，没想到沦落到来开出租车。而且出租车不是那么容易开的，新手忙了一整天所赚的钱可能还不如老手开几个小时。有一天，我早上八点就出门了，一直开到晚上十点，说起来你不相信，只赚了两百多块，不管怎么努力开，不是找不到客人，就是客人刚刚坐上别的出租车。那时的心情很难形容，我感觉到人生的绝望，我沦落来开出租车已经很惨了，我想天下没有比我更悲惨的出租车司机，跑了十四个小时，只收到两百块，连油钱都赚不回来。我就想，自杀算了！活在这个世界上还有什么意思呢？结果正想死的时候，遇到路边发生车祸，一家三口都受伤了，两个重伤，一个轻伤，我急忙把他们送到医院去，往医院的路上，我虽然为那家人难过，但自己的心情突然开朗，觉得我是很幸运的人了，四肢完好，身体也健康，年轻力壮，还能开出租车赚钱，比起那些受伤、残废、躺在医院里的人幸福得多了。”

世间何者最快乐

一个出租车司机就这样重生，因为他从生活中体会到苦乐的智慧，知道自己再苦，总有比我们更苦的人，积极的人生观就是这样建立起来的。我们其实也很容易像出租车司机一样，体会那种苦乐转换的心境，因为那原是一体的两面，汉武帝有一首短歌，颇能道出这种心情：

欢乐极兮哀情多，
少壮几时兮奈老何！

佛经里讲到苦乐更是拔开两面，直趋究竟，认为一切的苦是“苦苦”，就是人人认为的苦，那是苦的；而一切的乐是“乐苦”，就是看出快乐也是一种苦，是一种断灭之苦，当人失去快乐的时候，就是苦了。

我们来看看佛经中的两个故事：

有四个新学比丘，一天在讨论“世间以何为最快乐”的问题。甲说：“春情美景百花争妍，身游其间，最为快乐。”乙说：“宗亲宴会，大吃特吃，最为快乐。”丙说：“多积财宝，富贵傲人，最为快乐。”丁说：“妻妾满堂，夸耀乡里，最为快乐。”四人各执己见，争论不休，刚刚好被佛听见，就告诫他们道：“汝等学佛，未循正道修养，误以世法为乐，春景刚至，秋来摧残，有何快乐？胜会不常，盛筵易散，有何可乐？钱是五共（水浸、火烧、贼偷、了败、官没）之物，得来辛苦，散去忧虑，有何快乐？妻妾满堂，难免生怨死离，有何快乐？真正快乐，唯在解脱烦恼，证入涅槃！”

另一个故事是：从前有个信佛的普安王，请了邻国四个国王来聚餐，讨论到世间以什么事为最快乐。甲王说：“旅游最快乐。”乙王说：“和爱人在一起听音乐最快乐。”丙王说：“家财万贯，一切如意，最快乐。”丁王说：“有大权力，控制一切，最快乐。”普安王说：“各位所说的都是痛苦之本，忧畏之源，不是真正的快乐；须知乐极生悲，乐为苦薮，得势凌人，失势被辱。唯有信奉佛法，寂静无染，无欲无求，然后证道，才是人生第一乐事。”

如蜂采华，但取其味，不损色香

人世间的苦痛不外乎是贫穷、疾病、孤独、死亡、爱欲不能圆满等等，这原是无可奈何之事，但如果我们能往前回溯，心情一如赤子，则番薯菜叶也自有孔雀开屏的丰采，自然能活得多一点点心安、多一点点自在。

在无穷的岁月里，我们今生的百年只是一瞬间，在这一瞬间，我们如果能多认识自我的心灵，少一点名利的追逐；多一些境界的提升，少一点物欲的沉沦；那么过一个比较知足快乐的生活并不太难，忘乎苦乐的出世观照非寻常人能够，但入世生活如果能依佛所说：“于好于恶，勿生增减……如蜂采华，但取其味，不损其味，不损色香。”一方面体会生命的种种滋味，一方面浅尝即止不使自己受到伤害，则面对或苦或乐时也能坦然处之了。

青春不是玫瑰，青春是伏特加酒，
看起来不怎么样，喝光的时候，
才知道它的后劲蛮强。

南蛮黄釉

买了一个日本陶壶，是柠檬完全熟透的那种温柔的黄。

售价十分高昂，实在太喜欢柠檬黄，还是忍痛买了。回到家，拆包装纸的时候，才发现在颜色的说明写着“南蛮黄釉”，使我怔了一下，南蛮指的当然是中国了，因此也可以叫做“中国黄釉”。

我想起，南蛮黄釉其实是和胡琴、胡瓜、番茄、番薯一样，只是一个名字。这使我因中国被称为南蛮的不快也为之减轻。在这个世界上，种族与种族间不免互相轻视，可是真正的美是不会被名字所淹没的。

我把美浓陶艺家朱邦雄送我的一个黄色陶碗，拿来配这个日本的壶，不知道它们用的釉是不是相同，但都是非常美，非常正宗的黄。

真正美丽的眼睛就是最好的釉，可以为生命上彩，无关于名字。

无怨的风

大概是小时候养成的习惯，我一直很喜欢读台湾的农民历。虽然农民历的印刷向来十分粗糙，但我只要看到那黄色的封面，心中就会流过一股温暖的感觉。

从有记忆开始，老家祖厅的墙上就挂着一本农民历。由于经常使用的关系，它的书页都已翘起，还沾着一些手渍与油污。在农民历上方的墙是曾祖父曾祖母的画像以及祖父母的遗照，对面则贴着家族成员的重要相片，还有小孩子在学校得到的奖状，密密麻麻的。正中央的供桌则供奉着观音菩萨、妈祖娘娘和祖宗牌位。

我常觉得农民历和那些摆在祖厅的事物都有密切关系，它的重要性也可以等量齐观，是农人重要传统的一部分，否则怎么会摆在祖厅那么重要的位置呢?

旧时的农民看农民历有着不可轻忽的实用价值。就以五月来说吧，五月的节气叫做“小满”，日出是在清晨五点七分，日落是在十八点三十四分，这时候“太阳过黄经六十度，春天种的稻谷行将结实”。如果是台北的农民，是种植胡瓜、茄子、菜豆、甘薯、大葱的好时间；南部的农民，则可以种植小萝卜、蕹菜、越瓜、大豆、小白菜。若是住在安平的渔民，出海可捕到虱目鱼苗；在东港，则可以捕到龙虾和鲨鱼。

这些看来简单的记述，实际上是不简单的。它是经过千百年无数农民实验的结果，它的真实性也不容轻易怀疑。像我的祖父、父亲都是农民，他们种作的时机全是参考农民历，绝不擅作主张。光复以后，常有农会的人到家里游说，有的希望农民种新作物，有的要改变耕作方法。我记得父亲常回答说：“要翻过历书才算。”

农民历当然不只记载种作的事，它还有“每日主事”，记载当天最重要的事，例如“上弦四时十八分”或“蚯蚓出”、“华佗神医诞辰”等等。还有“每日宜忌”，记载了大自纳采、嫁娶、入宅、安葬、造船、开市，小至裁衣、求医、挂匾、会亲友、扫舍宇种种行事。

从前的农民大小事都很细心谨慎，深怕犯冲，所以大小事情都会参阅黄历。另一个原因是敬畏天地，但要事事求教于风水仙又不可能，参看黄历是最便利的。

我童年时就对农民历深信不疑，甚至有一些被现代人看作迷信的东西，我也觉得颇有道理，譬如农民历最后一页常有“鹅肉配蛤蜊会中毒”，需用“绿豆沙来解”的图形，或者某月某日生肖属蛇的会犯冲，不宜远游诸类的说法。

长大一些以后，离家在外，我每年都会买一本农民历来放着以备不时之需。有时深夜读之，便会惦念起父亲以及农田的情景，慢慢体会出农民历除了实用的记述，也有非常美丽的东西。

像二十四个节气，每一个节气的语言都是美的：立春、雨水、惊蛰、春分、清明、谷雨、立夏、小满、芒种、夏至、小暑、大暑、立秋、处暑、白露、秋分、寒露、霜降、立冬、小雪、大雪、冬至、小寒、大寒。这些简单看似无情的语言，却蕴含了天地造化生育、繁茂、成熟、凋零的至情。

就以今年一九九〇年来说，是岁在庚午。庚午在黄历的开卷诗是：

> 午支是岁适逢庚，九穗难期在一茎；
> 楚北河傍留履迹，荆阳陆上有船行。
> 早禾既属车非满，晚稻还忧禀未盈；
> 值此饥寒人在世，总宜安分勿伤情。

意思是这虽不是一个很好的年，如果能安分不要伤害万物，还是可以安然度过。每年黄历的开卷诗都不一样，也没有一个绝对的好年或坏年，能守情守分的人，必能稳步前进。

农民历以六十年为一甲子。每年对某些人固然不好，从大的角度看总有较好的时机。若以人的平均寿命六十岁来看，宇宙时空的轮替正好一圈，是真正的公平，也是“三十年河东，三十年河西”、“三十年风水轮流转”之意。体会到这一点，当我们遭逢不顺畅的年冬，就可以真正的无怨。

农民历记载事物看来平凡，却非常文学而宜于联想，像“雁北乡”、“雉始雊”、“鱼上水”、“蚯蚓出”、“鸿雁来”、

“征鸟厉疾”、“鹰化为鸠”、“蛰虫始振”是记载动物活动的情形；像“水泽坚腹”、“东风解冻”、“草木萌动”、“雷乃发声”、“始电”、“虹始见”、“大雨时行”、“水始冰”、“天地始肃”、“天气上腾地气下降”是记载大自然的变化；像“王瓜生”、“苦菜秀”、“靡草死”、“禾乃登”、“菊有黄花”、“草木黄落”、“腐草化为萤”是记载植物的生长与变化。我常常想，要以如此简短精确的文字描述宇宙的事情，真不是一件简单的事。可见我们的祖先不但观察力敏锐，描述的敏感也是令人惊叹的。

有时候，农民历也有一些养生的记载，像我手中的农民历就有一篇《食疗歌》，也是先民的经验之谈。它说：

生梨食后化痰好，苹果消食营养高。
木耳抗癌素中荤，黄瓜减肥有成效。
紫茄祛风通脉络，莲藕除烦解酒妙。
海带含碘消淤结，香菇存酶肿瘤消。
胡椒驱寒兼除温，葱辣姜汤治感冒。
大蒜抑制肠胃炎，菜花常吃癌症少。
鱼虾猪蹄补乳汁，猪牛羊肝明目好。
盐醋消毒能消炎，韭菜补肾暖膝腰。
花生降醇亦营卫，冬瓜消肿又利尿。
柑橘消食化痰液，抑制癌菌猕猴桃。
香蕉含钾解胃火，禽蛋益智要记牢。

萝卜化痰消胀气，芹菜能降血压高。

生津安神数乌梅，润肺乌发食核桃。

番茄补血驻容颜，健胃补脾吃红枣。

白菜利尿排毒素，蘑菇抑制癌细胞。

仔细读这《食疗歌》，使我们了解老一辈人营养观念是这样来的。其中有许多科学的新观念，显然是近代人添加的。可见农民历不是完成于一人之手，也不是固定的，它可以变化、添加、发展，成为生活的手册——对了，农民历正是我们前人的“生活笔记”。

农民历中占有很大部分的风水、命理、干支、五行，许多现代人都日为迷信的东西，虽有很深的道理，却不是一成不变的。那是由于万物有序，人却是各不相同。这种不同使得四时行焉，仍有相对的可变之道。我在读农民历时就想到一个关于犹太人的笑话。

有五个犹太人上了天堂，在争辩什么是人生最重要的东西。

第一个犹太人摩西指着头说：“理性才是最重要的。”

第二个犹太人耶稣指着脚说：“爱才是最重要的。”

第三个犹太人马克思指着胃说：“食物才是最重要的。‘

第四个犹太人弗洛伊德则说：“性才是最重要的。”

第五个犹太人爱因斯坦说：“你们说的都不对，因为宇宙间的一切都是相对的。”

农民历也是如此，在过去的岁月中曾给农业社会的人提出生

身如流水，日夜不停流去，使人在闪灭中老去。
心如流水，没有片刻静止，使人在散乱中活着。

活的规范和指标。比较遗憾的是，它的步幅似乎不能相对地与现代生活相结合。我就常希望，现代的农业学家、社会学家、经济学家、乃至风水先生能重视这项遗产，保留珍贵部分，重新编写一本属于现代人的“生活手册”，让农民挂在壁间的黄历有新的面貌。

我对农民历关于风水命理的部分持保留的态度，那是因为我相信禅师说的：“日日是好日”。心里要是无怨，不管世间的八风怎么吹，我们都能听见风中美好的消息。心里要是有怨，再清凉的风里面都有寒蝉的悲声。

有一次，我和师父忏云上人在一起，听一位风水先生说起师父在美国的庙风水很好，不过有些小地方还可以改得更好，讲了半天，师父说：“地理不如天理，天理不如人心。”一时之间，满座芬芳，走出户外，感觉到万里外吹来的寒风都是宜人的。

农民历关于风水宜忌、命理冲煞的那一部分，都应该从这个角度来看呀。

爱语

读《大般若波罗蜜多经》，读到了菩萨的“四摄”，非常令人感动。

什么是“四摄”呢？就是布施、爱语、利行、同事四种摄受一切有情，令有情众人生起亲爱之心，然后得闻正法的方法。四摄与“慈悲喜舍”四无量心，和“布施、持戒、忍辱、精进、禅定、智慧”六波罗蜜，都是菩萨行为的重要方法。但是四无量心和六波罗蜜都有止恶、行善、自净、利他四种意义，是自利利他的，唯独四摄是纯粹的利他。

其中特别令人动容的是“爱语”，由于我们在这污浊的人间，每天都在忍受种种不优美、不纯净的语言，所以爱语显得特别重要。

什么是“爱语”呢？《瑜伽师地论》里说：

“云何菩萨自性爱语？谓菩萨于诸有情，常常宣说悦可意语、谛语、法语、引摄义语，当知是名略说菩萨爱语自性。”

“云何菩萨一切爱语？谓此爱语略有三种，一者菩萨设慰喻语，由此语故，菩萨恒时对诸有情，远离颦蹙，先发善言。舒颜平视，含笑为先……以是相等慰问有情。二者菩萨设庆悦语，由此语故，菩萨见有情妻子眷属财谷其所昌盛而不自知，如应觉悟以申庆悦，或知信戒闻舍慧增亦复庆悦。三者菩萨设胜益语，由此语故，菩萨宣说一切种德圆满法教相应之语，利益安乐一切有情。”

我们用白话来说，就是菩萨对一切有情众生，常用欢喜的言词说令人欢喜的话、真实的话、正法的话、引导进入道理的话，这是爱语的性质。

菩萨所用的爱语有三种，一种是安慰晓喻语，以和颜悦色，不愁眉苦脸来安慰众生，使众生心安而明义理；二是欢喜庆祝语，凡看到人家妻贤子孝、衣食丰足，或看到人家在正法上有所得，都能欢喜地庆祝；三是殊胜利益语，是说菩萨的语言永远和义理、正法圆融相应，使一切有情众生听了能有利益而得安乐。

爱语，是我们现代社会普遍冷漠的一帖良药，有时我们一整天没有说过一句爱语，同样一整天没听过一句爱语，我们听到的如果不是言不及义的话，就是妄语、恶口、两舌、绮语，常常觉得难以消受。

有一次，我到区公所排队办事，排了老半天，看到办事的小姐一直绷着脸，从没有对一个人和颜悦色、好言相向，当然每一个人面对她时，无不是胆战心惊、小心翼翼，使我想到，像这样的小姐，她活着是多么孤单而痛苦啊！她脸上和心上的每一条筋肉都因冷酷而僵硬了。

如果有一天她从迷执中醒来，用爱语来帮助排队办事的人，她不就是菩萨了吗？因为爱语就是布施，就是利行，就是同事，是一切菩萨的立足之处。

来果禅师说：“恶口一言，角长头上；伤人一语，尾生臀际。”是警策之语，更进一步的，应是仁者口中无恶语，也就是爱语。《佛地经》里说四无量心，“慈是无嗔”“悲是不害”“喜是庆悦”“舍是平等”，爱语在本质上就包含了四种无可限量的心行，因为只有无嗔、不害、庆悦、平等的人才说得出爱语；也只有常说爱语的人才能庄严清净、常怀欢喜、心胸明朗，不被一切的烦恼所恼害，不为一切外境所摇动。

在这个社会，只要人人肯一天说几次爱语，就不知道要增加多少和谐优雅的气氛了。

第三卷

最有禅意的

红尘有缘

释 缘

问世间“缘”为何物，真叫人不好捉摸。

因为无法诠释人与人相遇、相知、相交的底蕴和玄机，人们便认同且袭用了从禅语中拈出的那个字——缘。

惜缘

在亿万年的时光长河中相逢于今生今世；在众生芸芸的红尘人海中际会于此地此处，无论男女长幼，无论贫富美丑，这一段尘缘足堪珍惜。

情缘

缘是天意，也关人情，盖因有情而后结缘，或有缘而后生情，倘若无情，如何有缘？即便有缘，也是孽缘。

随缘

人们常说随缘，但随缘不应是等缘。

“有愿才会有缘，如果无愿，即使有缘的人也会擦身错过。”极具禅心慧思的台湾作家林清玄如是说。

信缘

有这样一种朋友，也许相隔万水千山，也许分别十年八载，世事变幻，沧海桑田，永远不变的是彼此心中的那份默契与牵念。所以我相信，两缘若是久长时，又岂在朝朝暮暮。

悟缘

耳闻目睹曾经恩爱的夫妻因小事反目，共赴艰险的朋友因蝇利成仇，颇感难解。思之再三，似有醒悟：一切美好的因缘都应有三个支撑点方能长远——重情，守义，惜缘。

类缘

“有缘千里来相会。”——这是空间上的缘。

为什么数百年前，上千年前某个人的思想、情怀、感悟会与我如此相似？为什么不曾谋面，不曾晤谈，心中竟是这般亲切，又是这样喜欢？为什么月光像是他的凝视，清风仿佛他的呼吸？

心有灵犀，千年相通——这是时间上的缘。

了缘

说不尽的缘，道不破的缘，了不断的缘。

是缘，非缘。有缘，无缘。缘深，缘浅。缘起，缘尽。

有人灰情灭欲，斩断尘缘；有人藕断丝连，再续前缘。良缘变孽缘，仇缘变情缘。一面之缘与一生之缘或许只在一念之间，或是情在缘已尽，或是缘在情已绝……

呀！这红尘中的是非恩怨，离合聚散，又怎是一个“缘”字了得！

以自己为灯

1

天台宗祖师智者大师有一天问师父慧思“一心具万行”之意。

慧思说：“汝向所疑，此乃大品次第意耳，未是法华圆顿旨也，吾者夏中苦节思此，后夜一念顿发，吾即身证，不劳致疑。”

这是说明了“实践”的重要，如果没有透过实践，有很多问题光靠思索是不能解答的，所以，禅里常讲“无心”，禅不是思想，但它创造出无限的思想与文化，这种无限的创造，正是来自“无心”，来自“一念顿发”。

盛期的禅，在中国（甚至邻近的日本）无论文学、书法、绘画、雕刻、建筑、庭园都受到禅的影响，有辉煌光华的风格，但这不是文化里有禅，而是禅创造了文化。

2

十一世纪，大慧宗杲禅师当众烧掉了禅宗重要的经典《碧岩录》，就是对禅的一种新的反思。

禅师烧《碧岩录》时，是要烧掉形式的禅，希望大家重新重视实践的重要。光有形式的禅，是死气沉沉的，唯有通过实践，禅才是生气勃勃的。

3

形式之弊，从现代人对公案的态度就知道了，大部分人都抱着对公案的兴趣，甚至把公案背得烂熟，但是知道许多公案的人，却懒得静下心来，坐一炷香。

许多人也批评公案，认为宋朝以后禅风不振，是由于公案堕落于形式之弊。事实上，公案如何会堕落呢？人才会堕落呀！公案是来开发人的悟、人的禅心，公案流于形式并不是失去开发的功能，而是人的悟、人的禅心在时空中堕落了。

我们要珍视公案，也要活用公案，要在形式里，开出人的悟、人的禅心。

4

不实践的佛教，就像研究药方不吃药，不能对治自己的病，对病人而言，吃药比研究药方重要得多。

不实践的佛教，就像未经开采的金矿，纵使研究出它的含金量，矿山仍与泥土无异。对金矿而言，只有开采、提炼，才会找到黄金。

不实践的佛教，犹如未经点燃的灯，虽有灯相，却无灯的功能。未经点燃的灯与无灯无异，对一盏灯而言，只有在光明能照亮世界时才有意义。

生活品质就是如此简单，

它不是从与别人比较中来的，

而是自己人格与风格求好精神的表现。

不实践的佛教，犹如未经阅读的书，未曾开放的花朵，未曾走过的路，没有航行的船……不能展现真实的意义。

5

禅师说："青青翠竹尽是法身，郁郁黄花无非般若。"

这不是说翠竹黄花都有佛性，而是说我们要打破十方三世的一切差别与隔阂，不迷执于有情或无情，才能见到佛性。

天台六祖湛然大师说："万法是真如，由不变故。真如是万法，由随缘故。子信无情无佛性者，岂非万法无真如耶？"

但这是说翠竹黄花、草木瓦石都在法身之内，而不是说翠竹黄花、草木瓦石可以成佛。

因为佛性有一个非常重要的东西，就是智慧性。

6

很多信佛的人喜欢讲视野与感应，不信佛的人更爱讲。

其实，平安就是感应，知错就是感应，每一餐都有得吃，吃了都能消化；每一天能感恩地睡去，在阳光中醒来，都是感应。

比以前慈悲就是神通，比以前智慧就是神通。今天比昨天更能律己，今天比昨天更宽于待人，都是神通。

看到院子里的桔梗花开了，闻到深夜从远方飘来的桂花香，听见山上幽远的钟声，无一不是感应。

白云飘过了青天仍在，闪电过后就有雷声，一下雨的黄昏就会有雾，到处都有神通。

7

般若智慧是最大的感应，最大的神通。

般若智慧是平凡而深远的，它应该超越一切神秘或迷信的色彩。而一般的神通都有神秘因素，一般的感应则有迷信气息。

若说神通的力量有如瀑布，感应有如浪涛，那么，般若智慧则是大海，是水性，它只包容而不排斥，它涵摄一切价值而不为价值所羁累。

8

日本的禅学大师铃木大拙非常强调禅的“自由”是与英语中的Liberty 与Freedom有很大的不同。可惜现代的人只认识西洋人所说的自由，不认识禅的自由。

禅的自由，代表了人的自在——自己内在的空明状态。

西方的Liberty或Freedom则是“他在”——从他方或外在的压制中得到解放。

禅的自由，是自我的开发，没有一个可对抗的他方。

西方说的自由，是政治社会的关系，不强调内在发展。

禅的自由，是绝对的主体。

西方的自由，是相对的秩序。

但现代禅者不应该把禅与西方的自由分离，而是要开发“自由”更深奥的意义，加强自由积极的、自立的、本具的、自动的、创造的观念。

9

如果一个人只会引用佛菩萨说的话，自己不悟，就好像只会数佛菩萨的珍宝，自己没有半文钱。

如果一个人只会引用祖师的公案，自己不开启，就好像只会说祖先美丽的花园和壮美的河山，自己没有一块地。

习禅的人要以祖师为灯，也要以自己为灯。

念佛的人要以佛菩萨为归依，也要做自己的归依处。

佛道，就是究明自己之道。

学佛的人应把远程目标定在成佛，近程目标则是要解决自己人生的根本疑问。

一尘

有一个比丘在森林里的莲花池畔散步，他闻到了莲花的香味，心想如果能常闻到莲花的香味，不知道有多好，心里起了贪着。莲花池的池神就现身对他说："你为什么不在树下坐禅，而跑到这里来偷我的花香呢？你贪着香味，心中就会起烦恼，得不到自在。"说完，就消失了。

比丘心里感到十分惭愧，正想继续回去禅坐，这时，来了一个人他走到莲花池里玩耍，用手把莲花的叶子折断，连根拔起，并且把一池莲花弄得乱七八糟，弄完，那人就走了。

池神不但没有现身，还一声都不吭。

比丘感到很奇怪，问池神说："那个人把你的莲花弄得一团糟，你怎么不管？我只是在你的池畔散步，闻了你的花香，你就责备我，这是什么道理呢？"

池神回答说："世间的恶人，他们满身都是罪垢，即使头上再弄脏一点，他的脏还是一样的，所以我不想管。可是你是修行修禅定的人，贪着花香恐怕会破坏你的修行，所以我才责备你。这就譬如白布上有一个小污点，大家都看得见；那些恶人，好比黑衣，再加上几个黑点，自己也是看不见的。"

这个故事出自佛经，想起来令人动容，我们每个人走在街上，都可以感受到把一池莲花弄得乱七八糟的景况，而我们不能感受到那些败坏，却是最可悲的，当我们在为恶的时候、坏念头生起的时候、处在败坏的环境的时候还没有醒觉、不能觉悟，是人生中至可悲叹的事。

就像没有眼睛的人，他是完全看不见的，这种黑暗与处在暗室里的好眼睛的人，所看见的黑暗并没有不同，但是好眼睛的人不是看不见，而是看见的都是黑暗。在光明里，瞎眼的人需要的是眼睛；在黑暗中，眼明的人需要的是灯光。

我们要随时点一盏心灯，才不至于像一个盲目的人。

一个人怎么样使自己的心性澄明，能见到其中的污点是非常重要的，因为只有这样才能不断地清洗与修补，一步一步往光明的方向走，否则，当我们折拔莲花时都能心无所感，那表示心里早就没有莲花，而是一片污泥了。

《楞严经》里说："若不识知心目所在，则不能得降伏尘劳。譬如国王，为贼所侵，发兵讨除，是兵当知贼所在，使汝流转，心目为咎。"——譬如一个国王，要用兵剿匪，如果不知道匪在什么地方，如何去剿灭他们呢？如果一个人不知道自己的污点与过错，要如何去除污点呢？

让我们不要做把莲花池弄得乱七八糟而不自知的人，让我们做一个因贪闻花香而感到惭愧的人吧！

让我们不要做染上污点完全看不出来的黑衣，让我们做任何小污点都让我们醒目的白布吧！

在照进窗隙强烈的阳光里面，我们可以看见虚空中飞扬的尘埃，那些尘埃粒粒分明，但无法破坏光线的本质。在黑暗中，我们完全见不到尘埃，尘埃就一层层地增加，使我们陷入更深的黑暗。

对于我们所生的恶念，一尘也不要放过，才能使我们有一天能一尘不染，一尘不染不是不再有尘埃，而是尘埃让它飞扬，我自做我的阳光。

模糊了、污染了、歪斜了的镜子里所照出的最美丽的玫瑰花，也像是污秽的东西呀！

最有禅意的

最有禅意的饮料是茶—— 味永。

最有禅意的运动是射箭——红心。

最有禅意的动物是乌龟——定境。

最有禅意的休闲是围棋——静虑。

最有禅意的花卉是昙花——当下。

最有禅意的植物是竹子——有节。

最有禅意的昆虫是蝴蝶——蜕变。

最有禅意的种子是菩提子——不坏。

最有禅意的风形是落山风——顺势。

最有禅意的算数是微积分——难算。

最有禅意的细胞是变形虫——无住。

最有禅意的水果是榴莲——风格。

最有禅意的服装是长袍——飘逸。

最有禅意的感情是失恋——苦尽。

最有禅意的电器是熨头——平安。

最有禅意的用品是镜子——观照。

最有禅意的星球是月亮——遍照。

最有禅意的排泄是屁——无相。

最有禅意的……——空。

一只毛虫的圆满

起居室的墙上，挂了一幅画家朋友陆咏送的画，画面上是一只丑丑的毛虫，爬在几株野草上，旁边有陆咏朴素的题字：

今日踽踽独行
他日化蝶飞去

我很喜欢这一幅画，那是因为美丽的蝴蝶在画上已经看得多了，美丽的花也不少，却很少人注意到蝴蝶的“前身”是毛虫，也很少人思考到花朵的“幼年时代”就是草，自然很少有画家以之入画，并给予赞美。

当我们看到毛虫的时候，可以说我们的内心有一种期许，期许它不要一辈子都那样子踽踽独行，而有化蝶飞去的一天。当我们看到毛虫的时候，内心里也多少有一些自况，梦想着能有美丽飞翔的一天。

小时候，我曾经养过一箱毛虫，所有的人看到毛虫都会恶心惊叫，但我不会，只因为我深信毛虫是美丽蝴蝶的幼年时代。每天去山间采嫩叶来喂食，日久习以为常，竟好像对待宠物一样。

我观察到那些样子最丑的毛虫正是最美的蝴蝶幼虫，往往貌不惊人，在破茧时却七彩斑斓。

最记得是把蝴蝶从箱中放走的时刻，仿佛是一朵花飘向空中，到处都有生命美丽的香味。

对毛虫来说，美丽的蝴蝶是不是一种结局呢？从丑怪到美丽的蜕化是不是一种圆满呢？对人来说，结局何在？什么才是圆满？这些难以解答的问题，正是我说的自况了。

初生于世界的人，是不可能圆满的，原因是这个世界原就是不圆满的世界，感应道交，不圆满的人当然投生到不圆满的世界，这乃是“因缘”所成。圆满的人，自然投生到佛的净土、菩萨世界了。

幸而，佛经里留了一个细缝，是说在不圆满世界也可能有圆满的人来投胎，凡圣可能同居，那是由于愿力的缘故，是先把自己的圆满隐藏起来，希望不圆满的人能很快找到圆满的路径，一起走向圆满之路。

“有圆满之愿，人人都能走向圆满。”我们可以这样说，这正是佛说“众生皆有如来智慧德相”的意思。

举一个简单的例子，我们来看几个人字旁的字，像“佛”“仙”“俗”。

仙，左人右山，意思是，人的心志如果一直往山上爬，最后就成仙了。

俗，左人右谷，意思是，人的心志如果往山谷堕落，最后就是粗俗的凡夫了。

佛，左边是人，右边是弗，弗有“不是”之意，佛字如果直接转成白话，是“不是人”的意思。“不是人”正是“佛”，这里面有极为深刻的寓意。当一个人的心志能往山上走，不断地转化，使一切负面的情绪都转化成正面的情绪，他就不是一般的人，而是觉行圆满的佛了。

成佛、成仙、成俗，都是由人做成的，人是一切的根基，人也是走向圆满的起点，这是为什么六祖慧能说：“一念觉，即是佛；一念迷，即是众生了。”

从前读太虚大师的著作，他常说“人圆即佛成”，那时不能深解，总是问：“为什么人圆满了就成佛呢？”当时觉得人要圆满不是难事，成佛却艰辛无比，年纪渐长才知道，原来，佛是“圆满的人”，并不是一个特别的称呼。

什么是圆满之境呢？试以佛的双足“智慧”与“慈悲”来说。

佛典里给佛智慧的定义是“妙观察智”“平等性智”“成所作智”“大圆镜智”，如果把它放到最低标准，我们可以说圆满的智慧具有这样四种特质：一是善于观察世间的实相；二是能平等对待众生，因了知众生佛性平等之故；三是有生命的活力，所到之处，一切自然成就；四是有无比广大的风格，如大圆镜反映了世界的实相。

也可以说，假如有一个人想走向圆满，他要在智慧上有细腻的观察、平等亲切的对待、活泼有力的生命、广大无私的态度。我们试着在黑夜中检视自己生命的风格，便会知道自己是不是在走向圆成智慧之路。

慈悲的圆满境界则有两项标杆，一是无缘大慈，二是同体大悲。前者是对那些无缘的人也有给予快乐之心，是由于虽然无缘，也要广结善缘；后者是认识到自己并不是独存于世界，而是与世界同一趋向、同一境性，因此对整个世界的痛苦都有拯救拔除的心。

慈悲的检视也和智慧一样，要回来看自己的心，是不是与众生感同身受，是不是与世界同悲共苦？切望能共同走向无忧恼之境，如果于一个众生起一念非亲友的念头，那就可以证明慈悲不够圆满了。

因缘的究竟是渺不可知的，圆满的结局也杳不可知，但人不能因此而失去因缘成就、圆满实现的心愿。

一个人有坚强广大的心愿，则因缘虽遥，如风筝系在手，知其始终；一个人有通向究竟的心愿，则圆满虽远，如地图在手，知其路径，汽车又已加满了油，一时或不能至，终有抵达的一天。

但放风筝、开汽车的乐趣，只有自心知，如果有人来问我关于圆满的事，我会效法古代禅师说："喝茶时喝茶，吃饭时吃饭，睡觉时睡觉，说什么劳什子的圆满？"

这就像一条毛虫一样，生在野草之中，既不管春花之美，也不管蝴蝶飞过，只是简简单单地吃草，一天吃一点草，一天吃一点露水；上午受一些风吹，下午给一些雨打；有时候有闪电，有时候有彩虹；或者给鸟啄了，或者喂了螳螂；生命只是如是前行，不必说给别人听。只有在心里最幽微的地方，时时点着一盏灯，灯上写两行字：

今日踽踽独行，
他日化蝶飞去。

唯我独尊

“每当我们拜访佛寺时，总是见到许多佛像以打坐的姿势端坐着，而即使是以立姿站着，也不会像基督徒一样向天仰望，好像期待什么似的。大凡是佛，总是反观自己，不向外求。佛徒的信心不向外觅，只向内看。”这是日本禅学大师铃木大拙在《禅的信心》中说的话，说明了佛教的信仰最要紧的是“反观自我”，不像别的宗教是“仰观天上”。

他又说：“什么是自己呢？想在书本里或在别人的言教里数寻这个真理，犹如计数别人的钞票，不论你数多少，都是别人的，而不属于你。犹如银行家计数不在银行里面的钞票！现在且回头来看看你自己家里吧，看你多么富足啊！你无得无失。你所需要的一切都在你的里面，只是你通常并不知道你是多么富有而已，这个内在的自我，或者灵魂，或者心灵中，储满了你所需要的一切，没有一样东西需要向外寻求。”

所以，佛教的修行中，相信自我、肯定自我、回归自我、反省自我都是非常重要的，我们要回到自我才可能开启大悲大智的佛性。但是，回到自我并不是否定佛菩萨的力量，我们把“自我”与“佛菩萨”做一分别，乃是站在一个相对的层次上，如果

能超越了相对的层次，就没有“自力”与“他力”的分别，因为超越了相对的层次，佛菩萨与众生还有什么分别呢？佛菩萨是我们自心之流露，我们又何尝不是佛菩萨的法身呢？我们心里可以涵藏无数的佛与菩萨，正如佛菩萨的心中有无量无数的众生一样呀！

从铃木大拙眼中的佛像，我们看看寺院里的佛像也可以得到许多启发。我们看到每一个国家的佛像都不同，印度佛像是印度人的样子，日本佛像是日本人的样子，中国佛像是中国人的样子，这是因人种不同，人心里的佛也不一样。在时代的流变中，我们看到唐朝的佛像多胖大稳重，宋朝的佛像则纤细温柔，每一代都有很大的不同。我家里供奉了两尊观音菩萨，一尊是仿宋的“千手千眼观音菩萨”，一尊是藏人铜铸的“十八臂准提佛母”，他们的长相就很不同了。

这使我们理解到，所有佛菩萨相貌的呈现都是以自己为本位，并相信自己本来与佛无异，可见心外有佛不是大问题，心内无佛才是大问题。心内若有佛，佛不管以什么面目存在着，又有什么要紧呢？

我想起佛陀在幼年时代曾说过：“天上天下，唯我独尊。”当时被预言成他将是统一全印度的圣君，可是后来舍弃王位，证得佛道，因此，这唯我独尊的“我”应该重新思考，这个“我”是佛陀在代众生发言，天上天下哪里有什么比得上真实的自我呢？这个“我”是禅宗“自性”“无位真人”的我，也是密宗“即身成佛”的我，也是净土“自性弥陀”的我！

密宗的修行方法里有“本尊法”，意即任何人观想菩萨的本尊，最后就会“本尊现前”，知悉自己是本尊的化身，则了透到本尊与自我无异，修观音法的人最后是回到观音，修文殊法则回到文殊，修地藏法则回到地藏。这使我们知道自身中就有百尊，是自力与佛力的感应道交，这种修行方法是多么动人呀！

当我们说：“天上天下，唯我独尊”这几个字，想起本师释迦牟尼佛的慈悲与智慧，自然而然就生起自信的庄严与雄大的气概了。

大雁塔

唐朝贞观年间建于西安的“大雁塔”有一个美丽的传说：

传说有一天是一位大菩萨舍身的日子，寺里的法师和信徒都到寺前纪念。正在大家聚集一起的时候，一群人字的雁子从天空飞过，有一位僧人起了一个念头，开玩笑对旁人说：“我们生活艰苦，一直不能饱腹，菩萨也应该知道吧！尤其今天是他舍身的日子。”

他的话声刚落，空中雁群里的一只雁子突然笔直地坠落，当场触地而死。

众人为这突来的景象惊悚莫名，当然没有人敢把这只雁子饱腹，不仅以一种虔敬的心，埋了那只雁子，还在雁子坠落的地方盖起了一座大塔，这就是留存到今天，中国最伟大的佛塔“大雁塔”的缘起。

这个故事也令我惊悚，修行者的念头是多么重要，使我想到《华严经》中说：

> 菩萨如是念念成熟一切众生，念念严净一切佛刹。
>
> 念念普入一切法界，念念皆悉遍虚空界。

念念普入一切三世，念念成就调伏一切诸众生智。

念念恒转一切法轮，念念恒以一切智道利益众生。

念念普于一切世界种种差别诸众生前，尽未来劫现一切佛成等正觉。

念念普于一切世界一切诸劫修菩萨行不生二想。

好一个念念！就是珍摄每一个念头、清净每一个念头、发行每一个念头。而遍虚空界，每一个念头都是为了供养佛菩萨和利益众生，没有一个念头是为了自己，这才是念念。

只要念念不忘利益别人，菩萨的修行并没有公式，我们从一只雁子落下的姿势，看见了坚固的菩萨行，也看见了，菩萨飘逸衣角时那样超凡之美。

菩萨的一世有如雁子，常常只是一念。

金色莲花

有一次，南泉普愿禅师偶然到达一个村庄，不料见到庄主在庄外迎接。

这使南泉大为惊讶地说："我凡是要到一个地方，事前从未告诉别人，你怎么知道我今天要来呢？"

庄主回答说："昨晚我做了一个梦，梦到土地公说你今天会来，所以就出来迎接。"

南泉叹口气说："这是我修行还未到家，所以才会被鬼神看到呀！"

若鬼神可见，则仍在"有"里，要"空"到鬼神不见才是极处。

处辉真寂禅师就任方丈那一天，一位和尚问他："释迦牟尼佛说法时，地上常常开出金色莲花，今天你就职方丈，我们可以看到什么祥瑞呢？"

真寂说："我只是扫却门前雪罢了！"

南泉禅师与真寂禅师告诉我们的是同样的东西，真正的大道不需要任何神通与炫奇的涂染，地涌金莲当然是很好的，但没有金色莲花的平常时候，也是很好的。

玄妙能动人，却不如平常平易来得真实有情味，让我们人我两空，善恶具离。修行人因此不必炫奇神通，也不要执着神通，同样，对待有神通的人，也要有平常的心。

神秀的徒弟道树禅师，和几个学生住在山上的时候，常出现一个异人，穿着奇怪，讲话十分夸张，并能随意变化，常化成佛、菩萨、罗汉等等形象。道树的学生都很害怕，但也不能对他如何，这位怪人一连作怪长达十年之久，最后终于消失了。

道树对弟子说：“这个术士为了欺骗人心，施出千方百计，我应付他的方法，只是不见不闻。他的诡计虽然层出不穷，总有使完的一天，我的不见不闻则是无尽的。”

僧稠神师住在嵩岳寺的时候，跟随他的有百位僧人，寺里的泉水正好够喝。一天诵经进，有一位妇人，穿破衣夹着扫帚，坐在台阶上听经，众僧便诃谴她，妇人脸有愠色，以脚踏泉，泉水立刻就枯竭了，人也随之化去。

众僧惊慌地禀告僧稠禅师，禅师叫了三声“优婆夷！”妇人才现身。禅师说：“众僧行道，宜加拥护。”妇人用脚拨泉水，水即上涌，众人才知她是神人。

僧稠在鹊山修行时，也有神来挠之，抱肩捉腰，气嘘项上，僧稠因而入甚深禅定，九日才起。

后来，他住在怀州王屋山，闻两虎相斗，咆声震动山林，僧稠用锡杖丢去，两虎止斗而去，这时有两卷仙经出现在他的禅床，他说：“我本修佛道，岂拘域中长生者乎？”说完，仙经就消失了。当他移住青罗山的时候，有时打坐疲困，在床前舒脚，便有天神来扶脚，令他重新跏坐。

这使我们知道，修行者四周必有神异之事，神人或扰或助，那是犹其余事，若能心净神空，则神通是自然的外境，既是外境，就应该放下。

看开是福，看淡是幸。

自由人

日本近代的禅学大师山田灵林[1]，把世界上的人都归为三种类型：第一型是纯朴未开，不受任何知识上的苦恼，像猪一样能和平生活的人，叫做“自然人”。

第二型是头脑明晰，知能发达，却反而受尽“知”的烦恼，导致神经过敏，始终无法与他人相处，过着并不愉快的生活的人，叫做“知识人”。

第三型是超越了“知”的苦恼和“情意”的苦恼，能任运无碍过活的人，叫做“自由人”。

为了说明这三种人的不同，他举了一个非常有趣的例子说明：

某家五人居室的前廊上，一双拖鞋没有排好且翻过来了，这家的下女虽好几次出入主人的房间，办好了主人的几件差遣，但她对翻过来的拖鞋一点也没有注意到。她正如在深山里纯朴未开的少女，她只把每次被吩咐的事在能力范围内办好了，其余的一概不管，所以她每天十分快乐，能吃就吃，能睡就睡，除了衣食

① 山田灵林，是日本可与铃木大拙比美的禅学泰斗，在理论与实践上都有成就，“自由人”的说法出自他所著的《禅学读本》。

住行，对人间的一切事物与知识都不管，没有任何心事。——这就是“自然人”的典型。

这家的少奶奶拿信件要进屋时，看见了翻过来的拖鞋，但因男主人吩咐要处理一件紧急事务，来不及翻那双拖鞋。一会儿她端红茶要进屋，又看见那双拖鞋，心想一边拿饮料一边翻拖鞋有碍卫生，还是没有改正它。要离开房间时，突然听到了孩子的啼哭而跑向婴儿室，这一次根本没有想到拖鞋的事。就这样，她一整天都挂虑那双拖鞋，导致在房间、在厨房、在婴儿室时都不能平静，不能专心，而苦恼万分。少奶奶出身名门闺秀，读过大学，因此她想把学来的知识全部应用在现实生活上，却往往不能照自己的期望，反而带来日日夜夜的焦急不安，最后变得神经质，甚至连看到猫儿换个位置晒太阳，也会使她不安而烦恼。——这就是“知识人”的典型。

这家的老太太，有事找她的儿子，她看到翻过来的拖鞋，马上随手翻正，然后欣然不把这件事放在心上。老太太是很沉着的人，她善于发现事件的问题，而一发现问题，马上很轻易地处理好，如果是件不能处理的事，她马上把它忘掉，因此她的心境一直平静而稳定。——这就是“自由人”的典型。

山田灵林的譬喻很值得我们深入地思索，拖鞋可以说是烦恼的一种象征，这一家的女佣可以说是从来不知烦恼为何物地生活着，就如同这世界上许多神经粗糙的人，不是他们非常快乐，而他们既见不到烦恼，同时也不能知道精神的愉悦是什么，他们没有思考、没有反省、没有觉悟、没有方向与追求，只是像动物一样地过日子。

少奶奶虽然知识丰富，却反而为知识而受苦，被种种知识扯来扯去，忽左忽右，像漩涡一样旋转，于是陷入一种紧张而焦躁的状态，生活充满无谓的苦恼。这说明了要追求心灵的和平与究竟的宁静，知识是无能为力的，无论用任何知识，都不能凭着知识得到安身立命，因此以安身立命为目标的人，知识实在没有价值，有时反而带来烦恼。

但是我们不应反对知识，而是要把知识收集整理，利用生活经验来驾驭，到能无碍的时候，心地自然平直像前面的老太太一样。不过如果要靠外在经验的累积，达到心性的自由，等他成为自由人时，已经消耗了大部分的生命。

佛教禅宗所追求的也是“自由人”的世界，所循的是内面的方法，就是靠宗教的精进来达到心性的自由，才能得到真正的安心，与究竟的立命。

但是，禅的“自由人”与老太太的“自由人”还是有差别，老太太的自由是一种动作，是因外（如拖鞋）的对待而来，禅师的自由却是绝对的，自我的，没有对象的。

在佛教里，把凡夫的世界称为“相对界”，意即这个世界是用对立思考来想事情的处所。爱与恨、清与浊、男与女、美与丑、善与恶、春与冬、山与川、相聚与离别、生长与凋零，无一不是对立。因而，在我们这个世界上，不用对立就无法思考和判断事物了。由于这些对立，我们的世界才不断地变化与作用，不断尝受葛藤斗争之苦，我们就在对立的影子，以及影子所形成的影子中生活。

禅的境界，乃至佛教一切法门的境界，都是在超越对立的境况，进入绝对的真实，这绝对的真实就是使自己的心性进入光明的、和谐的、圆融的、无分别的世界。由于超越对立，进入绝对，使修行的人可以无执、任运、无碍自在、本来无一物，甚至无所住而生其心。

这超越的绝对世界，并不表示自由人在外表上与凡人有何不同，他也有生死败坏，像我们看到罗汉的绘像与雕刻，通常不是那么完美的，他们也有丑怪的，也有痴肥的，也有扭曲的，但是他们却处在一种喜乐和谐的景况。最重要的是，他们仍有强旺的生命力，有着广大的关怀与同情，不因为心性的自由，而失去了对理想生命的追求。

日本盛冈市名须川町的报恩寺，有一个罗汉堂，罗汉堂里的五百罗汉刻于一七三一年左右。相传凡是想念过世亲属的信徒，只要顺着五百罗汉拜下去，一定会在其中找到一尊和亲人的长相容貌一模一样的罗汉，因此数百年来，报恩寺的香火鼎盛。

这故事告诉我们，罗汉的外貌也只是一个平常人罢了。

中国禅宗公案里，曾有一个极著名的公案，说从前有一个老太婆，她供养一位禅的修行者，盖了一个庵给他修行，并且供养三餐达二十年之久，时常派年轻美丽的少女为他送饭，二十年后有一天，她叫派去的少女送饭的时候坐在修行者的怀中，并且问他："正与么时如何？"（我坐在你腿上，你感觉怎么样？）修行者说："枯木倚寒岩，三冬无暖气。"少女回来后就把这两句诗告诉老太婆，老太婆很生气地说：“我二十年只供养个俗汉！”于是把修行者赶走，并且放了一把火把庵也烧掉了。

这是个非常有趣的公案，到底老太婆为什么生气呢？那是因为修行者以为肉身成为枯木寒灰才是坐禅的极致，认为断尽一切身体的反应的隐遁，才是真正的禅。其实，禅的正道不是这样的，禅的正道不是无心的枯木，而是有生命的，如如的。它不是停止一切的活动，而是在比人生更高层次的、纯粹的、本质的地方活动，有坐禅经验的人都应知道，禅不是死、不是枯、不是无，而是自在，也就是赵州禅师说的：“能纵能夺，能杀能活。”是药山惟俨禅师说的：“在思量个不可思量的。”

凡可以思量的，它不是自由；凡有断灭的，它不是自由；凡有所住的（即使住的是枯木寒岩）也不是自由！

有许多修行者要到深山古洞去才能轻安自在，一走入了人间，就心生散乱，这算什么自由呢？

那么，何处才是自由安居的道场呢？它不在没有人迹的山上，不在晨钟暮鼓的寺院，而是在心。心能自由，则无处不在，无处不安，那么坐在什么地方又有什么重要呢？

我们都是平凡的人，界于自然人和知识人的中间，想要像悟道者那样进入绝对和谐的世界是极难能的，也就是说我们难以成为真正自由的人。

但我们却可以提醒自己往自由的道路走，少一点贪念，就少一点物欲的缠缚，多一点淡泊的自由。少一点嗔心，就少一点怨恨的纠葛，多一点平静的自由。少一点愚痴，就少一点情爱与知解的牵扯，多一点清明的自由，限制迷障了我们自由的，是贪、嗔、痴三种毒剂，使我们超脱觉悟的则是戒、定、慧三帖解毒的药方。

完全自在无碍的心灵是每个人所渴望的，它的实践就是佛陀说的：“放下！放下！”

放下什么呢？看到拖鞋翻了，把它摆正吧！摆正了的拖鞋，再也不要放在心上，如是而已。

苏东坡与禅

苏东坡留下了许多与佛印禅师玩笑谈禅的故事，在这些故事中，苏东坡时常处在败阵的一方，因此使后世的许多人认为苏东坡的“禅境不高”，这个见解是有待商榷的。

我在读苏东坡的诗文、传记、逸事时，觉得苏东坡在禅境上至少是个开悟的人。有一次我到南投水里莲因寺小住，夜里听忏云上人开示，谈到苏东坡，上人说：“苏东坡居士是开悟的人，只是很少人能体会罢了！”我听了大感赞佩，这样对苏东坡肯定，在当代出家高僧中，忏云师父是第一人。

古来的大禅师，也有许多肯定苏东坡的悟境，像大慧宗杲禅师就给予极高的肯定。紫柏大师甚至认为苏东坡的文字处处有开悟之机，说他：“东坡老贼，以文字为绿林，出没于峰前路口，荆棘丛中，窝弓药箭，无处不藏，专候杀人。”不具悟眼的人，一读了他的诗文，“一触其机，刀箭齐发，尸横血溅，碧流成赤！”对于苏东坡诗文的威力，紫柏大师算是给了极高的评价，甚至认为参透了他诗里的玄机，就能“沸汤消雪”地开悟了！

苏东坡的许多诗，从宋朝以后，就被许多禅师看成是悟后境界的作品，例如有名的庐山三诗：

溪声便是广长舌，
山色岂非清净身？
夜来八万四千偈，
他日如何举似人？

横看成岭侧成峰，
远近高低各不同。
不识庐山真面目，
只缘身在此山中。

庐山烟雨浙江潮，
未到千般恨不消。
到得元来无一事，
庐山烟雨浙江潮。

苏东坡作为宋朝第一名的诗人，除了他的文字优美高旷，气势或雄浑、或温柔、或大开大阖、或细致绵密，令人动容之外，有一个极重要的因素，是他的作品往往含藏了非常深刻的禅思禅意。

以他最被流传的两首词来看看，他的禅意在哪里：

赤壁怀古

大江东去，浪淘尽，千古风流人物。故垒西边，人道是，三国周郎赤壁。乱石穿空，惊涛拍岸，卷起千堆

雪。江山如画，一时多少豪杰！

遥想公瑾当年，小乔初嫁了，雄姿英发。羽扇纶巾，谈笑间，樯橹灰飞烟灭。故国神游，多情应笑我，早生华发。人生如梦，一樽还酹江月。

在这首气势磅礴的词里，苏东坡表达了对无常与空的观照，“浪淘尽，千古风流人物”，“一时多少豪杰”，“樯橹灰飞烟灭”，无一不是对无常的感喟，但他也不失去禅师的潇洒：“人生如梦，一樽还酹江月”。

水调歌头

明月几时有？把酒问青天。不知天上宫阙，今夕是何年？我欲乘风归去，唯恐琼楼玉宇，高处不胜寒。起舞弄清影，何似在人间！

转朱阁，低绮户，照无眠。不应有恨，何事长向别时圆？人有悲欢离合，月有阴晴圆缺，此事古难全。但愿人长久，千里共婵娟。

这首气魄奔放、意气飞逸的词，有许多句子都是绝唱，成为知识分子、庶民阶层都喜欢的作品，其中也有禅意，像“不应有恨，何事长向别时圆”，像“人有悲欢离合，月有阴晴圆缺，此事古难全。但愿人长久，千里共婵娟”。超越了婉约的情愁，有超拔之概，非常巧合的，这首词是写于他自己盖的一个凉亭，名字叫“超然台”。

苏东坡的诗文中有禅意的不少，这成为他的风格，也是他人格的展现，我们试举一些为人熟知的诗来看看：

> 人生到处知何似？应似飞鸿踏雪泥；
> 泥上偶然留指爪，鸿飞那复计东西？
>
> ——《和子由渑池怀旧》

> 春色三分，二分尘土，一分流水。细看来不是杨花，点点是离人泪。
>
> ——《水龙吟》

> 古今如梦，何曾梦觉，但有旧欢新怨。
> 异时对，黄楼夜景，为余浩叹！
>
> ——《永遇乐》

> 试问夜如何？夜已三更，金波淡，玉绳低转。但屈指，西风几时来？又不道，流年暗中偷换。
>
> ——《洞仙歌》

> 此身已觉都无事，今岁仍逢大有年。
> 山寺归来闻好语，野花啼鸟亦欣然。
>
> ——《归宜兴留题竹西寺》

暮云收尽溢清寒，银汉无声转玉盘。
此生此夜不长好，明月明年何处看？

——《中秋月》

暮鼓朝钟自击撞，闭门孤枕对残釭。
白灰旋拨通红火，卧听萧萧雨打窗。

——《书双竹湛师房》

采得百花成蜜后，不知辛苦为谁甜？

——《戏答佛印》

三年走吴越，踏遍千重山。
朝随白云去，暮与栖鸦还。

——《祈雪雾猪泉出城马上作赠舒尧文》

花褪残红青杏小，燕子飞时，绿水人家绕。
枝上柳绵吹又少，天涯何处无芳草？
墙里秋千墙外道，墙外行人，墙里佳人笑。
笑渐不闻声渐悄，多情却被无情恼。

——《蝶恋花》

阴晴朝暮几回新，已向虚空付此身。
出本无心归亦好，白云还是望云人。

——《望雪楼》

夜饮东坡醒复醉，归来仿佛三更。家童鼻息已雷鸣，敲门都不应，倚仗听江声。

长恨此身非我有，何时忘却营营？夜阑风静縠纹平，小舟从此逝，江海寄余生！

——《临江仙》

人皆养子望聪明，我被聪明误一生。

唯愿孩儿愚且鲁，无灾无难到公卿。

——《洗儿诗》

生前富贵，死后文章，百年瞬息万世忙，夷齐盗蹠俱亡羊。不如眼前一醉，是非忧乐两都忘。

——《薄薄酒》

世事一场大梦，人生几度秋凉？

——《西江月》

有情风万里卷湖来，无情送潮归。

——《八声甘州》

人似秋鸿来有信，事如春梦了无痕。

——《出郊寻春》

杳杳天低鹘没处，青山一发是中原。

——《澄迈驿通潮阁》

莫听穿林打叶声，何妨吟啸且徐行，竹杖芒鞋轻胜马，谁怕？一蓑烟雨任平生。

料峭春风吹酒醒，微冷，山头斜照却相迎。回首向来萧瑟处，归去，也无风雨也无晴。

——《定风波》

心似已灰之木，身如不系之舟。

问汝平生功业，黄州惠州儋州。

——《自题金山画像》

我们时常随口吟哦出来的诗句，许多是出自于东坡的手笔。他这些动人的诗词所以能使人长记不忘，是因为其中有深刻的禅思。

不仅诗歌如此，东坡的随笔，有时候读起来仿佛是出自禅师之手，例如他说：“无事以当贵，早寝以当富，安步以当车，晚食以当肉。”“养生无他术，安寝无念，神气自服。”（《养生论》）“处贫贱易，处富贵难。安劳苦易，安闲散难。忍痛易，忍痒难。人能安闲散、耐富贵、耐痒，真有道之士也。”（《春渚纪闻》）“天下有大勇者，猝然临之而不惊，无故加之而不怒。”（《留侯论》）“一曰安分以养福，二曰宽胃以养气，三曰省费以养财。”（《东坡老林》）“口体之欲，何穷之有？每加节俭，亦是惜福延寿之道。”（《与李公择书》）“作文大略如行云流水，初无定质，但行于所当行，止于所不可不止，文理自然，姿态横生。”（《与谢民师推官书》）

苏东坡的平常笔记固充满禅意，他还写过佛法与禅法的许多颂、赞、偈、铭、记、书、序等等，明朝的徐长孺曾辑为《东坡禅喜集》八卷，其中关于禅悟的体验珠玑遍地，我们也选一些来看：

> 慈近乎仁，悲近乎义，忍近乎勇，忧近乎智，四者似之，而卒非是，有大圆觉，平等无二。无冤故仁，无新故义，无人故勇，无我故智，彼四虽近，有作有止，此四本无，有取有匮。有二长者，皆乐檀施，其一大富，千金日费，其一甚贫，百钱而已，我说二人，等无有二。
>
> ——《观世音菩萨颂》

> 旃檀非烟，火亦无香，是从何生，俯仰在亡。弹指赞叹，善思念之，是一炷香，是天人师。
>
> ——《罗汉赞》

顺风的云像是写好的一首流浪的歌曲，
而迷路的那朵就像滑得太高或落得太低的一个音符。

以口说法，法不可说，以手示人，手去法灭。生灭之中，自然真常，是故我法，不离色声。

——《赞禅月所画大阿罗汉》

我观世间诸得道者，多因苦恼。苦恼之极，无所告诉，则呼父母。父母不闻，仰而呼天，天不能救，则当归命于佛世尊。佛以大悲方便开示，令知诸苦以爱为本，得爱则喜，犯爱则怒，失爱则悲，伤爱则惧，而此爱根，何所从生，展转观察，爱尽苦灭，得安乐处。

——《朱寿昌梁武忏赞偈序》

寒人者冰热者火，冰火初不自寒热，一切世间我四大，毕竟谁受寒热者，愿以法水浸摩尼，当观此石如瓦砾。

——《玉石偈》

至人无梦。或曰："高宗、武王、孔子皆梦，佛亦梦。"梦不异觉，觉不异梦；梦即是觉，觉即是梦，此其所以为无梦也欤。

——《梦斋铭序》

大悲者，观世音之变也。观世音由闻而觉，始于闻，而能无所闻；始于无所闻，而能无所不闻。能无所闻，虽无身可也；能无所不闻，虽千万亿身可也。而况于手与目乎？虽然非无身，无以举千万亿身之众，非千万亿身，无以示无身之至。故散而为千万亿身，聚而为八万四千母陀罗臂，八万四千清净宝目，其道一尔！

——《大悲阁记》

众生以爱，故入生死。由于爱境，有逆有顺，而生喜怒，造种种业，展转六趣，至千万劫，本所从来，唯有一爱，更无余病。佛大医王，对病为药，唯有一舍，更无余药，尝以此药，而治此病，如水救火，应手当灭。

——《罗汉阁记》

无所厌离，何从出世，无所欣慕，何从入道！欣慕之至，亡子见父，厌离之极，焨鸡出汤。不极不至，心地不净，如饭中沙，与饭皆熟，若不含糊，与饭俱咽，即须吐出，与沙俱弃。善哉佛子，作清净饭，淘米去沙，终不能尽，不如即用。本所自种，元无沙米，此米无沙，亦不受沙，非不受也，无受处故。

——《书黄鲁直李氏传后》

一般人谈到苏东坡与禅，喜欢举与佛印的传奇来说，却忽略了苏东坡曾写过许多佛与禅的诗文，这些诗文都十分优美，有悟境，也有独到的观点，可以看出苏东坡是真正有修为的人，否则不会四度贬官，还能维持豪迈乐观的态度，如果以为苏东坡于禅法只是“泛泛之辈”，那可能是错看了东坡。

禅法不存在于公案语录之中，更要紧的是人格与风格，是落实于生命与生活之中。我们来看几个苏东坡在生活中的表现，可以知道他的禅趣不是后来与许多高僧对语才建立起来的。

苏东坡小的时候就展现了过人的才智，跟随眉山道士张易简读书。

有一天，京城来了一个客人找张易简，拿了一本《庆历圣德诗》给张看，是歌颂范仲淹、欧阳修革新朝政的诗歌。

东坡听了很有兴趣，就问：“范仲淹、欧阳修是什么人呢？”

老师很不耐烦地说：“小孩子不要多问！”

东坡固执地说：“他们是天上的神仙吗？如果是，我当然不必知道。如果他们是地上的人，为什么不可以问呢？”

张易简听了感到惊奇，才耐心地为他说明范和欧阳是什么样的人，给苏东坡留下深刻的印象。

苏东坡是非常人间性的人，他虽然参禅、笃信佛教，却不讲怪力乱神之事。他青年时代在凤翔府任职期满，携眷返回京师，路过白华山，他的一个侍从兵突然发起疯来，又叫又跳，自己把衣服脱光乱跑，东坡命人把他绑在椅子上。

家人告诉东坡：“一定是触怒山神而中邪了。”

东坡于是带了一个随从，走向附近一间山神庙，向山神祷告，并责备山神不应该对一个小兵开玩笑，应该去向大奸大恶的人显灵才对。他祷告完的时候狂风大作、飞沙走石，两人寸步难行，东坡对随从说：“奇怪！难道是山神余怒未息？”

随从说：“是呀！大人，我们还是先避一避吧！”

东坡坦然地说：“不，我不怕！”

狂风愈来愈强，同行的人和马匹都躲起来了，随从说：“大人！我们还是赶回山神庙，去向山神求饶吧！”

东坡说：“山神一定要发怒，只好由他，我还是往前走，看他能怎么样？”

他一说完，风就立刻小了下来，回到府中，那中邪的侍从小兵也醒过来了！

苏东坡虽然个性潇洒，显然有他坚定的对事物的看法，因此他曾自谓：“一肚子不合时宜。”这种性格到临终时都未改变。

宋徽宗靖国元年，苏东坡六十六岁，七月二十八时病情恶化，他的家人和方外好友维琳法师在旁边陪他。

维琳法师对他说：

“这个时候要想来生。”

“西天也许有，空想前往，又有何用？”

好友钱世雄也在一旁劝他：

“现在最好做如是想。”

“勉强去想就错了。”苏东坡说，然后安详地咽下一口气。

这种坦然的态度，使我们知道他在禅悟方面是有体验、有意见的。也是这种潇洒的态度，使我们了解到东坡自始至终都是禅宗的信徒。

苏东坡最为人津津乐道的，是他与禅师们来往的许多公案与传奇，从他的生平看来，他有参访神师的癖好，时常在禅寺中小住，与那个时代的佛印、大通、维琳、玉泉禅师等都有来往，甚至成为至交。像他和佛印交情深厚，留下许多动人的故事。

佛印禅师原名叫谢端卿，是临安人士，少有诗名，博学多闻，对佛道有极深的研究，他在京城里认识了苏东坡，常在一起饮酒、吟诗，成为好朋友。

因为逢到大旱，神宗皇帝要在神庙祈雨，召集京城的名僧召开法会，并由苏东坡协办仪式。有一次聊天，苏东坡就向端卿说："你既喜欢佛教禅理，最近皇帝要召集高僧诵经，你何不装作一个侍者参加法会呢？也可以亲眼看看皇帝，大开眼界。"端卿就答应了。

于是，东坡安排端卿装做捧烛的侍童，随在皇帝左右。神宗焚香祷告完毕，回头看到端卿相貌魁伟、气度不凡，便随口问道："侍者，信仰佛教诚心吗？"

端卿回答说："素喜释教，诚心诚意！"

神宗见他如此至诚，又品貌出众，即说道："既然如此，就入佛门修道吧！"并且立刻赐准披剃。

皇帝既然开口，大相国寺的方丈立刻执行，为端卿削发，神宗皇帝亲自赐法名为了元，号佛印。

佛印的出家就是东坡促成的因缘，从此他苦心修道，后来成为金山寺的住持，在当时已经是一代著名的诗僧。

传说东坡为了试验佛印的道心，有一次到金山寺与他饮酒赋诗，把佛印灌得酩酊大醉，并挑选了一位最标致的官妓，睡在佛印旁边。

佛印半夜酒醒，发现自己身旁卧着一个美丽的女人，知道是东坡的诡计，连忙把官妓遣走，并在墙上写了一首诗：

夜来酒醉上床眠，醒来琵琶在枕边。
传语翰林苏学士，不曾拨动一条弦。

东坡知道了，哈哈大笑。

在禅门里流传极广的“八风吹不动，一屁打过江”的公案，“佛印眼中有佛，东坡心中有粪”的公案也是发生在这段期间，因为是大家都知道的，不再赘述。我们来看一些比较不为人知的酬唱。

有一天，苏东坡与佛印相偕出游，到了九里松，看到远处一个山，峰高峻峭。东坡就问说：“那是什么山？”

“那是飞来峰。”佛印说。

“既飞来，何不飞去？”东坡又问。

“一动不如一静！”佛印说。

“为什么要静呢？”东坡再问。

“既来之，则安之。”佛印答。

…………

两人又走到天竺寺，看到一尊观音菩萨手持念珠，东坡问说：“观音既是佛，为什么手里还拿念珠，是念什么呢？”

“也不过是念念佛号罢了！”

“念什么佛号？”

“也只是念观音菩萨的佛号罢了！”

“他自己是观音菩萨，为什么又念自己的佛号呢？”

佛印说：“求人不如求己呀！”

东坡信步走到观音座前，拿起一部《法华经普门品》，翻到经文里说：“咒诅诸毒药，所欲害身者，念彼观音力，还著于本人！”东坡喟然叹曰：“佛是何等的悲，哪有说救人一难而害人一命的？佛印！我体贴佛意把它改一句好吗？”于是将经文改为“咒诅诸毒药，所欲害身者，念彼观音力，两家都没事。”佛印说：“善哉！善哉！”并赋诗一首：

南海观音真奇绝，手持串珠一百八。
始知求己胜求人，自念观世音菩萨。

有一天，苏东坡和佛印一起在山中散步，突然有一只黄鹂鸟穿林而过，东坡说：

“古代诗人，时常将‘僧’和‘鸟’字在诗中相对。”

佛印说：“何以见得？”

东坡说：“举例来说，像‘时间啄木鸟，疑是叩门僧’，岂不是僧与鸟相对？还有，像‘鸟宿池边树，僧敲月下门’也是，我真佩服古人以僧对鸟的巧思呀！”

佛印这时听出东坡有调侃之意，笑说：

"这也正是为什么我时常以'僧'的身份，和你相对的原因呀！"

有一天，东坡和秦少游在一起吃饭，忽然捉到身上的一只虱子。他对少游说："这虱子是由垢腻生成的。"少游说："不是，这是由棉絮毛污生成的。"两人辩了半天，没有结果，东坡说："明天我们一起去问佛印，看他怎么说，输的人请一桌酒席。"

宴席散了，秦少游私自跑去找佛印，对佛印说："我刚才和东坡辩论虱子的来历，他说垢腻生成，我说是棉絮生成，明天来问你的时候，你就说我的对，我就请你吃一桌馎饦会酒席。"

过了一会儿，东坡也来了，对佛印说："我刚才和少游辩论虱子的来历，他说是棉絮生成，我说是垢腻生成，明天来问你的时候，你就说我的对，我请你吃一桌冷淘会的酒席。"

第二天，两人一起到佛印前面辩论，佛印说："这个容易呀！虱子是垢腻成身，棉絮为脚，先吃冷淘，后吃馎饦！"两人相顾愕然，继而哈哈大笑！

从佛印与东坡的故事，苏东坡似乎都是败于下风，这一来是因为佛印的禅机确实胜过东坡，二来是东坡并不争胜，常自居于配角。这些故事则真的很能引人深思，东坡的捷才与佛印的机智都是令人佩服的。

除了与佛印对答，苏东坡和玉泉、大通、元净禅师都有过类

心美，万象皆美；
情深，万象皆深；
境明，千里皆明。

似的禅机，但是苏东坡最伟大的地方，是他使禅心落实于生活。他是历史上少见的通人，他既是诗人、画家、书法家，也是美食家、制墨家、造酒家；他既精通医术，又善于养生。在他的一生里，虽然宦途不得意，但每到一处都施行仁政，受到百姓的爱戴，留下许多慈悲救人的故事，因此后人认为他是五祖戒禅师的转世，当然这也是不可查考了。

在苏东坡传记中有一个动人的故事，他晚年时想到宜兴养老，托朋友在荆溪岸边给他买一幢房子，花光了他手上的积蓄。

要搬家之前，他先去看那幢村舍，自己非常满意，一天晚上在附近散步，路过村屋，听到女人的哭声，他就和朋友好奇推门进入，看到一个老太太正在痛哭。

东坡问她为何痛哭？老太太说："我们有一幢祖传的住宅，逆子不孝，把它卖了，现在我搬出祖宅，寄人篱下，想起死去的亲人，所以伤心呀！"东坡很受感动，问道："你的房子卖给谁了？在什么地方？"

出乎意料，竟是自己买的房子，他立刻叫人取来房契，在老太太面前烧了。第二天还找到老太太的儿子，叫他请老母亲搬回故居，一点也没有提起退钱的事。

那时，苏东坡正被从黄州贬到汝州，生活清苦"难于路行，无屋可居，无田可食。二十余口不知所归，饥寒之忧近在朝夕"，买房的钱，则是托好友范镇卖掉父亲苏洵在京师留下的祖宅所得的钱。

苏东坡这种悲天悯人的性情，才是他在生活中表现的真正禅心，如此真能放下的人，谁说他没有悟道呢？这个故事使我想起他诵海棠的一首诗：

嫣然一笑竹篱间，桃李漫山总粗俗。
也知造物有深意，故遣佳人在空谷。

他的注记是：“寓居定惠院之东，杂花满山，有海棠一株，土人不知贵也。”想到东坡充满禅意的一生，思及“也知造物有深意，故遣佳人在空谷”，仿佛还听见他横越千古的空谷足音呀！

未完成之美

朋友送我一个印度的檀香木雕刻，雕得十分写实精细。

是一个赤裸半身的老农夫，打开鸡笼正在喂鸡，鸡仔也雕得栩栩如生，连鸡毛都历历可见。最美的是那个鸡笼，是一体刻成，每一条藤都像是真的。

我对朋友说：“实在太美了！”

但是在赞叹的时候，我却觉得那完美里面缺少了一点什么，可是也说不出所以然来。

我把那个檀香木雕和几个铜雕放在一起摆在柜子里，每回看见都会生起一个念头：太工整了，仿佛少了一点什么。

今天中午来了一场六级地震，客厅柜子一阵乒乒乓乓，等地震平息，我立刻赶去看，几个雕像掉在地上，铜雕丝毫无损，呀！那老人喂鸡的雕刻品，因为鸡笼太细了，破掉一个不规则的大洞。

我正暗自可惜，把它放回柜子里，突然眼睛一亮，太美了！

原来我觉得欠缺的一点什么，现在因为破洞而补足了，多一点自然、一点随意、一点浪漫、一点创造力。

有破洞的雕刻竟比完整的，更美。

那些历史伟大的艺术总使我有一种“未完成”的感觉。我想，这正是艺术创作与工艺品的不同吧！刻意求工的结果，使作品显得造作而僵硬了。

那种未完成是最美的，人生亦复如此。

未完成确实是艺术与人生的重要因素，于艺术，它带来一种玄想和空间，总觉得梵高仍在燃烧、毕卡索在油彩间犹在玩笑；马远、夏珪还有未尽之意，范宽、郭熙的心留在深深的山林之中。因为艺术的未完成，艺术创作乃无有终极。

于人生，它带来一种遗憾和凄凉，那些令我们感动的英雄事业，是成吉思汗远征失利、项羽在乌江的自刎、拿破仑的滑铁卢。也使得项羽在我们的心中，比刘邦还可亲。那些令我们低徊叹息的伟大爱情，也都是未完成的，想一想，罗密欧与朱丽叶如果结婚，就会在古堡中过着凡尘的日子，梁山伯与祝英台如果洞房花烛，也将在礼教的束缚中，了其残生。呀！还是没有完成的爱情才好啊！

没有遗憾的生命情态、已完成的爱情结局，都将是工艺品，不是艺术创作，那时就要期待地震或台风了。

有一次，我到香港，特别去拜见当代少见的通人南怀瑾先生，问他一个令我疑惑很久的问题：“为什么南先生的作品总是未完成，像《论语别裁》、《孟子旁通》、《老子他说》、《禅观正派研究》等，而经典总是讲了半部？为什么南先生不把它写完呢？”

童颜鹤发的南先生哈哈大笑，说：“如果我都做完了，你们后来的人要做什么呢？”

然后，南先生告诉我，他年轻时曾随民初的高僧虚云老和尚修行，虚云常常同时在各地盖大庙，却没有一座庙盖完成的，往往明墙屋瓦粗具，他就放下，又去盖新的庙了。

少年的南怀谨非常纳闷，有一次实在忍不住，就问虚云老和尚：“师父，我看别的师父盖庙，都是一盖数十年，雕梁画栋、美轮美奂，为什么您的庙不盖好一点？还这么粗糙就跑去盖别的庙呢？”

虚云老和尚听了也是哈哈大笑：“我如果全盖好了，后来的人有什么事可以做呢？”

我告辞的时候，南先生拍拍我的肩膀说：“人生不要太求全，求全就多责备呀！”

我至今难忘南先生那白眉毛下面，澄明的、意味深长的眼睛。

未完成，提升到一个更高的境界，那就是菩萨的境界了。

像地藏王菩萨的誓言：“地狱不空，誓不成佛；地狱若尽，方成菩提。”因为地狱不可能空，菩萨誓言就永远的未完成，也因为这种遗憾，才使我们一想到地藏菩萨就要心酸动容。

像智慧的文殊菩萨，誓言：“在诸佛未成佛前，永为诸佛之师；在诸佛成佛后，永为诸佛弟子。”因为要做老师，所以要境界高远；因为要做弟子，所以要高远中有谦卑，保留一点不完成。

像慈悲的观世音菩萨也发誓言：“要度尽世间一切众生，方成正觉，若有一众生未得度，而自弃此弘誓，别令我的脑袋成千片。”世间众生不可能度尽，所以观世音菩萨就永无宁日了。

菩萨志愿永不完成，所以最高境界叫做“等觉菩萨”或“一生补处菩萨”，也就是已具佛格而不成佛，宁可自己不完成来与不完成的众生常相左右。

传说从前有一位小乘行者证得阿罗汉的果位，断尽了色界与无色界的一切迷惑，永入涅槃，不再生死流转，在涅槃呆久了，想尝尝做菩萨的滋味，于是下入凡间。

他一下凡就看见路边的一个小儿啼哭，问其缘由，孩子说：“因为我的母亲得了眼疾，需要一颗新的眼睛，先生，您可以布施眼睛给我吗？”

阿罗汉心想“做菩萨最重要的就是有求必应”，于是忍痛把自己右眼挖出来，当他把眼睛送给孩子，孩子哭得更厉害，阿罗汉惊问其故，孩子说：“我妈妈需要左眼，你却挖右眼给我，不管啦！你再挖左眼给我。”

阿罗汉听了，大叹菩萨难为，长叹一声，飞天而去。

这是大乘行者编出来贬抑小乘修行的传说，虽不可信，却让我们看到菩萨血泪斑斑的道路。

菩萨比佛更能抚慰我们的心，是由于他的可完成而未完成、可圆满而未圆满，因此温柔可亲。菩萨比阿罗汉更能震撼我们的情，是因为他永留一丝友情在人间、永留一份遗憾未完成。

前面成佛的大门已经打开了，本来可以浩荡奔赴前程，但后面的路上还有众生憾恨与啼哭的声音，心中不免悲悯不忍，于是选择那未完成的路。这样的画面，何等的美好！彷佛听到远天的音乐，曼陀罗花云上飘舞！

好音乐不必终章，听一小段就能聆赏；好电影不必结局，看十个镜头即已知悉；好的情感、好的人生历程不一定要像圆规画出来的一样，只要尽情尽意，一个片断就够动人了。

保有一些未完成的遗憾来温存，既不求全、也不责备，随缘而不随俗、随意而不随便，如空中苍鹰顺气流飞升，如海中游鱼随海浪而自由，未完成是最美的，人生总是如此。

问世间，情为何物

在武侠小说和言情小说里，最常被引用的一首词，大概是元朝诗人元遗山的《雁邱词》了。这首词表达生死相许的情感，有非常之美，感人至深，所以被后代的人喜爱。词曰：

问世间，情为何物？直教生死相许。
天南地北双飞客，老翅几回寒暑。
欢乐趣，离别苦，就中更有痴儿女。
君应有语：
渺万里层云，千山暮雪，只影向谁去？
横汾路，寂寞当年箫鼓，荒烟依旧平楚。
招魂楚些何嗟及，山鬼暗啼风雨。
天也妒，未信与，莺儿燕子俱黄土。
千秋万古，为留待骚人。狂歌痛饮，来访雁邱处。

这首词，文意浅白，涵义无限，尤其是“问世间，情为何物”，简直是千秋万古的一问，因为不管在任何时代，任何地点，天天都有痴情的男女如是自问，互相询问，乃至向天质问。

在被造谣时，我不着急，因为我有自知之明；
在被误解时，我不着急，因为我有自觉之道；
在被毁谤时，我不着急，因为我有自爱之方；
在被打击时，我不着急，因为我有自娱之法。

元遗山光是写了这首词就可以传世不朽了，但这并不是为歌颂男女而写的词，他歌颂的是雁子，并以雁子的痴情，来象征痴情的儿女。

在这首词的序里，他说：“太和五年乙丑岁赴试并州，道逢捕雁者，云‘今日获一雁杀之矣！其脱网者悲鸣不能去，竟自投于地而死。’予因买得之，葬之汾水之上，累石为识，号曰雁邱，并作雁邱词。”

词人在路上遇见捕雁的人，听说他捉了一只大雁，这大雁的伴侣虽然脱网而去，却在天空悲鸣，最后自己投地自杀而死。词人非常不忍，遂买下那只自杀的雁子，葬在汾水旁边，堆石头作记号，并命名为“雁邱”。幸得这雁的自杀，又遭逢性情中人，才得以留下这么动人的词，可见好的诗词不是唾手可得，常有偶然的因缘。

元遗山是名冠金、元两代的诗坛巨星，他是鲜卑族拓跋氏的后裔，自幼喜爱中原文明，创作中原诗歌，终成一代巨匠。他本名叫元好问，在他的诗里有许多“好问”的证据，在另一首“无题”中，他这样问：

> 七十鸳鸯五十弦，酒薰花柳动春烟。
> 人间只道黄金贵，不问天公买少年。

这世间的人，只沉迷于歌声舞影，花红柳绿，大家都知道黄金的宝贵，但黄金既然如此宝贵，为什么不向天公买回自己的少年岁月呢？

元好问借着反问的语气，来为青春年华的珍贵作注。

元好问不只是问爱情，问岁月，他还有一首问国事的好诗。有一天，他路过卫州，想起金哀宗在卫州被蒙古人打败而亡国，感怀国事，写下《卫州感事》：

神龙失水困蜉蝣，一船仓皇入宋州。
紫气已沉牛斗夜，白云空望帝乡秋。
劫前宝地三千界，梦里琼枝十二楼。
欲就长河问遗事，悠悠东注不还流。

诗人有心向黄河打问当年兵败的旧事，可是河水悠悠向东流去，再也不回头了。感人之深，忧思之切，贯注全诗。

从元好问的一问，再问，三问，问情，问岁月，问国事，可见到一个有血性的诗人，关怀是深广的。虽然面对感情的变化，岁月的流逝，国事的凋零有无可奈何之情，但心中必有祈愿，缺乏祈愿就难以成为伟大的诗人。

诗人的心愿可以用白居易的《赠梦得》来代表：

一愿世清平；二愿身强健；三愿临老头；数与君相见。

这首歌颂情谊深长的诗，后被五代的冯延巳引用，写成有名的《长命女》：

春日宴，绿酒一杯歌一遍，再拜陈三愿：一愿郎君千岁；二愿妾身常健；三愿如同梁上燕，岁岁长相见。

白居易的三愿："情感圆满，岁月强健，国家清平"，正好是元好问的三问，可见文学家不只在追求生命的美，也在期许着生命的圆满，特别是对元好问这样的诗人，感情上历尽沧桑，经验了生离死别，对年华消逝的感触敏锐。久经国事杂乱，终至于亡国的悲痛。

所以，元好问有一次到河南嵩山的西峰少室山，曾写了一首《少室南原》：

地僻人烟断，山深鸟语哗。
清溪鸣石齿，暖日长藤牙。
绿映高低树，红边远近花。
林间见鸡犬，直一拟仙家。

平凡的乡间生活，在兵荒马乱生活的诗人看来，就是神仙的生活了。

当我们读着："问世间，情为何物？""不问天公买少年""欲就长河问遗事"的诗句，心中究竟生起什么样的愿望呢？我多么希望，在这苦难的世间，一切众生好的祈愿都可以实现，就像春日里玫瑰盛开！

在大乘佛教里，对生命的疑问与迷惑，正是觉悟的开端，而对分离聚散的情爱人生质疑，发起更大更深的愿望，则是菩萨行为的开始。

所有的疑问都是从情感不能周全开始的吧！

所有的愿望都是从生命渴望圆满发生的吧！

那脱网而去的雁子也能感受爱别离之苦，何况是情感细腻的人呢？在人生的历程中怎能不发起一些疑问、一些愿望呢？